读·品·悟在文学中成长

中国当代教育文学精选系列

丛书主编：高长梅　王培静

敲　雪

刘靖安　著

花山文艺出版社

河北·石家庄

图书在版编目（CIP）数据

敲雪 / 刘靖安著. -- 石家庄：花山文艺出版社，
2013.12（2024.6 重印）
（读·品·悟：在文学中成长·中国当代教育文学
精选系列 / 高长梅，王培静主编）
ISBN 978-7-5511-1522-3

Ⅰ.①敲… Ⅱ.①刘… Ⅲ.①散文集－中国－当代
Ⅳ.①I267

中国版本图书馆CIP数据核字(2013)第259039号

丛 书 名：读·品·悟：在文学中成长·中国当代教育文学精选系列
丛书主编：高长梅　王培静
书　　名：**敲雪**
　　　　　QIAO XUE

著　　者：刘靖安

策　　划：张采鑫
责任编辑：于怀新
特约编辑：李文生
装帧设计：北京九洲鼎图书有限公司
美术编辑：王爱芹
出版发行：花山文艺出版社（邮政编码：050061）
　　　　　（河北省石家庄市友谊北大街330号）
销售热线：0311–88643299/96/17
印　　刷：三河市中晟雅豪印务有限公司
经　　销：新华书店
开　　本：710mm×1000mm　1/16
印　　张：8
字　　数：100千字
版　　次：2014年1月第1版
　　　　　2024年6月第4次印刷
书　　号：ISBN 978-7-5511-1522-3
定　　价：49.80元

第二辑　乌夜啼

CONTENTS

目 录

第三辑　红叶摇曳

第一辑

断墙下的影子

敲　雪

　　睡到半夜,忽然觉得好冷。也许,外面下雪了。我想。我蜷着身子,强迫自己再睡。不知过了多久,迷迷糊糊中,我听到了屋前屋后的惊叫声。睁开眼,天亮了,透进屋里的亮光,冷冷地泛着朦胧。

　　好久没见过雪了！我顾不上睡觉,一骨碌爬起来,小跑着跨出门。屋檐下,我极目远眺,整个世界全是一片白,白得晃眼。慢慢收回目光,我就看见了父亲。

　　父亲站在屋对面的小路上。他眼下,是一丛一丛的雪枝。我知道,托着雪的,是密密麻麻的树枝。每到春天,那些树枝就开出一堆一堆的杏花、李花、桃花,五彩缤纷的,像一片花的海洋。花一天一天地谢了,青涩的果子藏在绿叶间,一天一天地长大了,泛红了。父亲的笑容也多起来了,有时不知不觉就到了树下。开始,父亲轻轻掰下枝丫,寻找枝叶间还没完全长出来的果子,偶尔发现米粒大的一颗,也要小跑回家雀跃着向全家人报喜;后来,父亲就踮着脚尖,痴痴地看,痴痴地闻,即使枝丫垂到眼皮下,也舍不得动一指甲,生怕惊跑了它们。果子渐渐成熟了,父亲停了农活,从早到晚蹲在树下守着,守着我们的"书本"。我们兄弟多,家里又没有其他收入,读书全靠它。到了上市季节,父亲就在树下铺几床棉絮,说这样落下的果子就不会摔烂,能卖个好价钱。卖果子的钱,父亲一分一厘也不花,全存着,刚好够我们读一年书。所以,只要我们目不转睛盯着父亲担子里那些红嘟嘟的杏呀、李呀、桃呀的时候,父亲总是拍着我们的头说,馋了吧?这可吃不得,它是你们的书本啊,不想读书吗?我们一起点头,想读!还想吃吗?不想!我们一起咽口水,狠狠摇头。从此,我们就把那些杏呀、李呀、桃呀叫书本了。

可是,这不是果树开花、结果的季节呀,父亲看那些雪树做啥呢?我很是不解。

我朝父亲走去。踩着积雪,吱吱地响。雪挤进鞋里,有一丝浸骨的寒意。眼前,是一串深深的脚印,我想那应该是父亲的,我仿佛听到了父亲踏着积雪的声音。鞋里的雪越挤越多了,我只好把脚放进父亲踩出的脚印里。我腿短,父亲步与步之间拉得很长,看样子走得很急。尽管这样,三个脚印我还是能踏中两个。因为雪被踩实了,挤进鞋里的也就少多了。

走到父亲面前,父亲看了看我,说,星期天,多睡会儿吧?

我不回答父亲的话,不解地问,你看这树干吗?春天还早。

真的还早吗?快了快了!可是——父亲顿了顿,脸上露出了忧郁,这雪太大了,你看,树枝压断了好多。

我细细一看,真的,一些断枝落在地上或是横在树上,全被雪掩住了,不仔细看根本看不出来。

回去拿根竹竿来吧。父亲沉吟了一阵,对我说。

我怔了怔,一下子明白了父亲的用意,于是,忙不迭地回家找来一根稻田里赶鸭子用的长竿。父亲站在树下,竹竿伸到枝头,慢慢地,轻轻地把积雪一点一点敲下来……几十棵果树,父亲整整敲了一个上午。父亲回家,头上、脸上、身上,全是雪。被体温融化的雪水,湿透了父亲的衣服。我连忙烧起一堆旺旺的柴火,父亲蹲在火边,瑟瑟发抖。

这天晚上,父亲问我,今晚还会下雪吗?

下呀,老师说"瑞雪兆丰年",下得越大越好!我说。

我娃儿有长进了,好,那就下吧! 父亲抚摸着我的头,频频颔首。

晚上,果真又下起了大雪。父亲怎么也睡不着,他耳朵支棱着,听着外面的风吹草动。睡呀,你怎么了? 母亲不耐烦了。你懂啥? 这叫听雪! 父亲的声音很大,传进篱笆墙另一边的我们的耳里,我和弟弟就吃吃地笑,笑父亲不会用词,雪,是能听的吗?

半夜,父亲突然翻身跳下床,惊醒了我们。我们问他怎么了,父亲说,我听到树枝又断了,一声连一声,我得敲雪去。我们说这么远,听不到,你那是幻觉,睡吧睡吧。可是父亲不理会我们,拖着竹竿,打着手电就出了门。我们穿了衣服撵出去,在屋檐下看见的已是一束在树下晃来晃去的亮光了。看了一会儿,冷得不行,我们只得跑进了被窝。

天亮,父亲回家,把我们全都摇醒,高兴地说,一根树枝也没断,你们又能上学了,又有书本了。父亲的牙齿咯咯直响,磕得不听使唤。

第二天,父亲就病了。

冬天完了,春天来了,夏天也来了,杏呀、李呀、桃呀,比哪一年都大,都红,父亲的病却一直不见好转。我挑了两个又大又甜的桃,捧到父亲床前,说,爸,你尝尝,好甜呢!

父亲挣扎着撑起身子,劈手打掉我手里的桃,怒气冲冲地吼,谁叫你们吃的? 这是你们的书本哪! 不想读书了?

想! 我哭着说,我们没吃,只想你吃一个,你生病口里没味!

父亲叹了口气,拉过我,给我擦了一把眼泪,说,拿起来吧,我吃一个!

我看见父亲咬了一口桃,父亲的眼泪也一下子流了出来。

断墙下的影子

　　小兵家修了新房,搬走了,留下了一面断墙。断墙一人多高,墙上墙下,长满了蒿草。

　　断墙不远处,正对面,就是石头的家。

　　石头经常站在屋外,看那面断墙。有几次刮风下雨的黄昏,石头看见那面断墙晃了又晃,差点倒下了,结果,等风雨之后,那面断墙还是站得好好的,一点儿也没有要倒的意思。

　　石头知道,那面断墙终究是要倒的,但什么时候倒呢?石头有石头的想法。

　　有一次,石头看见了断墙下的一个影子。那个影子,很像小兵。一年前,石头认识了一个女孩,叫小芹,是邻村的。小芹长得不错,白白净净的,很秀气。石头就在小兵面前炫耀,说小芹如何如何的好,把小芹捧上了天。小兵不信,石头就把小芹领到了小兵面前。就这样,小兵和小芹认识了,小兵还撇开石头,和小芹谈起了恋爱,还结了婚。

　　小兵从断墙下走过的时候,石头就像巫师一样,嘴里不停地念叨着,倒,倒,倒。断墙很听石头的话。石头看见,断墙突然轰的一声,倒下来了。然后,那些土块和腾起的尘雾,把小兵一下子吞没了。石头还看见,本应属于他的小芹笑吟吟地向他走了过来。石头有些不敢相信自己的眼睛,

他使劲地揉了揉,接着就失望了。

那面断墙,像示威似的,照样好端端地站在他的不远处。

后来,石头几乎天天看见小兵,看见小兵在断墙下经过的影子。有时是早晨,有时是中午,有时又是傍晚。每次看见,小兵总希望那面断墙倒下来,断墙像明白他的心意似的,就轰的一声倒了。不过,等石头再次面对断墙的时候,断墙还是那么一如既往地立着。

石头明白,断墙根本就没倒过,一次也没有。

这天中午,石头又看见了小兵。这次,太阳很大,断墙投下了一片阴影,小兵就走在那片阴影里。也许,是小兵走得急了,累了,他居然在那片阴影里停了下来。

他是想凉快呢! 石头想。

石头转身进屋,从屋后出门,一路小跑到了房子右侧的小路上。他怕小兵发现了,就埋伏在路边的草丛里,伸出半个头,侦察情况。他看见,小兵背对着他,还待在那片阴影里。他弓着身子,放轻脚步,像兔子一样上了小路,一口气跑到了断墙的另一边。

这边,是石头;那边,是小兵。

石头满头大汗。石头勾了食指,在额上横刮了一下,然后一甩,就把刮在手指上的汗水甩到了地上。石头觉得不解气,他又在下巴上重复了一次。两次之后,石头舒服多了。

石头站在断墙下,嘴里不停地念叨着,倒,倒,倒……

不知念了多少遍,断墙却纹丝不动。

石头抬起头,深深地吸了一口气,然后,紧抱了双手,朝断墙撞了过去。

断墙晃了两下,又站稳。石头后退了几步,再次撞了上去。

断墙轰的一声,终于倒下了。

石头跨过断墙,等尘雾散了,就在土块中找小兵,找了几遍,都没有找到。

小兵消失了,终于解了心头之恨,石头暗暗高兴。

过了两天,小芹还没来找石头,石头等不下去了,就主动去找小芹。石头找到了小芹,同时还看见了小芹身边的小兵。小芹和小兵,正在院子里乘凉,你一句我一句的,说得热火朝天。

小兵,你,还活着吗?石头很意外。

小兵白了他一眼。

你家老房子,断墙下面,不是你?石头说。

我从不走那下面。小兵的话,把石头惊得说不出话来。

石头蔫蔫地回家,经过断墙的时候,他看都没看一眼。从此以后,他也再没有看那面断墙的欲望了。

也许,是因为断墙已经倒了,他想看也看不到了。

书　殇

那一年,小毛12岁,我10岁,我们在同一个小学,读三年级。

一个早晨,我挎着书包,准备去上学,还没出门,就看到大毛一头闯了进来。当时,书包只比布口袋多了两根带子,如果书少了,挎在肩上,蔫不拉叽的,鼓不起来。大毛是小毛他爸。他进门后,二话不说,就一把将我的书包从肩上扯下来,不见他怎么动作,一只书包连同里面的两本书就捏进了他的大手里。

全生产队的人，都知道我很爱惜书，一学期读完，书还像新的一样，一点儿皱褶都没有。那天，我的书捏在大毛手里，我就知道我的书完了，肯定皱得不成样子了，我一急，就哭了。看见我哭，大毛却笑了。

小毛昨晚没回家，说，哪儿去了？如果撒谎，我把你的书捏成麻花。大毛笑着说，他的大手松开了，另一只手也跟着搭了上去。

不知道。我说。我没有撒谎，也不敢撒谎。最近，小毛总是神出鬼没的，一天就上那么两三节课，其余的时间找都找不着人。有时，放学回来，去找他玩，也找不着，再怎么着，晚上也要回家呀，真是胆子越来越大了。臭小毛，你不回家不要紧，把我的书连累成那样。想到这儿，我哭得更厉害了。

我说不知道，就是不知道，我的话，大毛当然信。于是，大毛把书包给我挎回了肩上，一转身，走了。

我擦了一把泪水，止住了哭声，取出书一看，两本书全皱了，破了。我把它们摆在桌上，理了这边理那边，理了上边理下边，可是，再怎么理，四个角好像跟我作对似的，只要一松手，跟着就翘起来了。

没办法，我只得把书小心地装进了书包，然后贴在肚子上，用双手按着，一路走到了学校。

我刚坐在座位上，小毛就进了教室。

看见小毛，我的眼睛就冒火了。我想，我的眼睛肯定是冒火了，不然，小毛已经走到我身边了，咋又退了两步，顿了几顿，又才小心翼翼地靠上来呢？

怎么了？我爸又找你麻烦了？小毛轻声问。

这还用问！

这已经是大毛第三次找我麻烦了。前两次是因为大毛路过学校，想看看小毛，结果找不着人。每次都这样，找不着人，就问我，我又不是小毛肚子里的蛔虫，你问我我问谁呢？事情过后，见到小毛，我就问他，上哪儿去了,怎么向他爸交代的,结果他总是支支吾吾,一副神神秘秘的样子,看了就让人心烦。心烦了,就不想再问了,自个儿走开,不再理他。不理他又不行,他追上来,总是说,放心吧,没事了。他当然没事,可是我有事呀。比如这次,我的事大了去了。

我从书包里掏出书,啪的一声甩在桌上,说,你自己看,这就是你干的好事。

我?小毛疑惑了。

突然,小毛又明白了,笑嘻嘻地说,不是我,是我爸。

反正,你爸干的就是你干的,不管是哪个,你自己看着办。

我的书破了,你不会要,那就——赔你一角钱,行了吧?小毛出手不凡,像个大款似的。一角钱可不是小数目,赶集的时候,可以吃一碗7分钱臊子面,还剩的3分钱,可以喝凉水,分三次喝,一分钱一次,可以喝个肚儿圆。当然,凉水哪儿都有,可赶集天喝的凉水,里面放了糖精,甜得厉害,更重要的,喝着街上的凉水,摸着胀鼓鼓的肚子,气派。

我正想着美事,小毛以为我不答应,就主动说,再加5分,行不?听小毛这一说,我又开始算5分钱的花销了。还没算个明白,小毛的身子就挨上来,轻轻撞了我一下,再次问,行不?价都出到这份上了,还有什么不行的呢?当然行,但我没说,我怕他变卦,装着很委屈的样子,点了头。

虽然点了头,但我还是不甘心,我想弄清事情的真相,逮住小毛的把柄,让大毛治治他。不然,大毛以后还得找我的麻烦,我的书可不能再遭殃了。

第二天上午,小毛像往常一样,上完第二节课,就一个人悄悄溜出了校园。我连忙抱着肚子,找到老师,说肚子痛,请假回家。不等老师同意,我就朝着小毛的背影追了上去。追了几米远,我就慢了下来。我不能让小毛发现我,只要能看见他,在他后面跟着,就可以了。小毛走得快,几乎是一路小跑着。小毛走的路,我走过很多次了,是赶集的那条路。

果然，小毛拐进了一条鸡肠子一样的小街，走到小街尽头，小毛钻进了一家茶馆。

小毛一钻进去，里面闹哄哄的声音立马就不见了，茶馆就安静了。

我猫在门外，不知道小毛到底想干啥。

突然，我听到啪的一声响，接着，就听到了小毛的声音。小毛的声音很洪亮，和他在学校的声音判若两人。小毛说，话说当下郓哥被王婆打了这几下，心中没出气处，提了雪梨篮儿，一径奔来街上，直来寻武大郎。转了两条街，只见武大郎挑着炊饼担儿，正从那条街上来……听到这儿，我知道小毛在干啥了。这家伙，说得有板有眼的，行啊。

我正要继续听下去，不知从哪儿冒出几个人，闯进了茶馆。他们乒乒乓乓把茶馆的桌椅砸了个稀巴烂，还带走了小毛。

我回到家，觉得事情太大了，不敢给大毛说。天黑的时候，又听说另一个生产队的王知青出事了。其实，碰到王知青的次数极少，我只是跟着别人，叫他王知青。不知王知青出了什么事，反正路不远，我就跟着队上的一些人，去看热闹。

很意外地，我看到了小毛。小毛已经不是原来的小毛了，他光着上身，头发蓬乱，脸上还有血污。

小毛跪在王知青面前，低着头，不停地哭。

王知青身边，是一摞厚厚的书，我想走过去看看，是些什么书。可是，被几个人拦着，不让看。其中一个，像是个头儿，他说了几句话之后，就把书给点燃了。几个人见书烧得慢，就一人拿起一本，边撕边烧，火光就慢慢大了起来。

终于烧完了，几个人把王知青带走了。有大人喊我了，我也该回去了。我跟上去，看见大毛背着小毛，还在絮絮叨叨地骂他。我回头，还看见那些纸灰一片片在晚风中飞了起来，像一只一只飞舞的黑蝴蝶。

后来，王知青的事，谁也不知咋样了，小毛也没再上学了。小毛跟着他爸大毛,挣工分了,一天只有一分,有时队长开恩,给两分。过年后,新学期开始了,我拿着钱到学校报名,在路上碰到了大毛和小毛。大毛问我到哪儿去,我说去报名。大毛说你手里拿的钱,别弄掉了。我说不会的,还报名呢。

大毛吃惊了,大毛说,读书还用花钱吗?

小毛读书,你没给过钱? 我问大毛。

当然,小毛说不用给钱的。大毛说。

我拉过小毛,问他,我知道你交过钱,你的钱,是哪儿来的?

小毛说,家里穷,我得想法挣钱。我认识王知青以后,就去他那儿读了一本书,再去说给他们听,自个儿挣的。

小毛还欠我一角五分钱,我始终记着。可是,听了小毛的话,我就在心里将这钱一笔勾销了。

抬 肚 皮

生猪收购点收购猪的时候,抬肚皮是第一步。在普通话里,"抬"是两人或多人完成的动作,而抬肚皮,一人即可,所以,也许是为了区别的缘故,在川西坝子,人们说到这个词,就走了调,把"抬"说成了"胎"。

林大炮有一手绝活儿,就是抬肚皮。

这天早晨,林大炮像往常一样,等外面闹哄哄地吵麻了,才懒洋洋起床，胡乱洗了把脸，把门打开，站在门口，对着外面打了一个长长的呵欠。

林大炮露面了，外面的十多个人，全都噤了声，朝他笑。那笑里，有一种讨好的味道。同时，他们生怕自己的猪搞出什么动静来，就把手里握着的一把猪草，伸向了自己的猪。猪们一看主人手里的鞭子，也很识相，一路的经历，让它们知道了主人的厉害。

这样的场景，百看不厌。林大炮感觉很好，很满意，就剪了双手，清了清嗓子，吼道，该吃的吃，该拉的拉，该干啥干啥！他的声音很大，隔几匹梁都听得见。

谁都明白，林大炮的意思是，不管你的猪吃多少，拉多少，我不相信眼睛，我只相信手，只要我的手一抬，我说了算。

林大炮慢悠悠地走到了第一头猪面前。

卖猪的，是一个老大爷。

林大炮蹲下去，左膝跪在地上，左手伸出去，一直伸到了猪的肚皮下。猪的肚子，圆鼓鼓的，像一个大气球。林大炮停止了下一步动作，他转过头，对着老大爷不停地笑。他每笑一下，老大爷的心就紧一下。最后，老大爷的脸都涨红了，青筋暴绽的，林大炮呢，还在笑。

喂了不少吧？林大炮终于不再笑了。

不多呀，才两桶。老大爷结结巴巴地说。

林大炮回过头，右手撑地，胳膊肘儿一点一点向上，向上，挨着肚皮了。那一刹那间，只见他使劲向上一抬，再顺势抖了几抖。然后，胳膊往后一缩，右手一点地，身子一飞，整个人就站了起来。那头猪，也跟着他跳了两跳，哼哼唧唧地叫。

32 斤。林大炮大吼一声。

过秤的人，是个小伙子，他记下数字，称了猪，扣了 32 斤。老大爷一言不发，在小伙子的指点下，把猪赶进了收购点的猪圈里。

断断续续地，林大炮又报出了第二、第三……第十头猪的折扣数，猪的主人们都和老大爷一样,都是一言不发。他们都想,折扣的东西,装在猪肚子里,谁都看不见,凭啥你林大炮一抬,随便报个数字,就下定论了?但想法也仅是想法而已,谁又能咋样呢?

20斤。这是最后一头猪了,林大炮吸一口气,吼出了这个数字。

什么?20斤?猪的主人是一个瘦男人,他的双脚像踩了烙铁一样,直跳。

不服?林大炮不屑地说,你知道吗?我抬过的猪上万,你是第一个。

你看,我早上本来就没喂多少,现在要到中午了,这些屎尿,都是我的猪拉的,猪肚子都空了还20斤?男人比画着,还是不服。

不服不行,20斤。林大炮不理这个茬,对着过秤的小伙子喊。林大炮喊完,转身想走。男人毛了,跑进收购点的屋里,拖出一把菜刀,上前抓住了林大炮的衣领。

在场的人一看,要出事了,就拉的拉,劝的劝,可林大炮油盐不进,坚决不让步。

要不,你们打个赌。有人提议。

咋个赌法?旁边有人问。

好,你们的尾巴一翘,我就晓得是拉干的还是稀的,我今天满足你们一回,赌就赌。林大炮不等提议的人说话,抢先对男人说,我们就当场把猪杀了,把里面的东西掏出来,过秤,看有没有20斤,如果有,你这猪就白送给我们。

那,你呢?你输了咋办?男人有点结巴了。

我输,不可能。林大炮仰头看天。

你输了咋办?男人追着问。

这只手送给你。林大炮把左手晃到了男人面前。

好,一言为定。男人松开了林大炮的衣领。

杀猪匠来了,开始烧水、杀猪、去毛、剖肚……猪肠里的东西都集中到了一个事先称过的木桶里。一称,毛重 29.3 斤,净重 20.1 斤。

男人输了。

男人铁青着脸,转身就走。走着走着,就像喝醉酒一样,步子开始摇晃起来了。突然,男人啪的一声,摔在了地上。男人两手着地,又艰难地站了起来,慢慢向前走去。

当天下午,林大炮听说,男人想不开,跳塘了。

第二天,林大炮问了男人的地址,把一头肥猪赶进了男人家里。

从此,林大炮丢下绝活儿,到食品站当屠夫去了。

赶　猪

刘三会赶猪,人们叫他猪头。你别误会,这话不是骂他,是夸他,意思是,猪的头儿。要不,那些猪咋个就那么听他的话呢?

从前,刘三可不是赶猪的。他和其他普通群众一样,听从队长的安排,出工,收工,出工……如此反复,挣点工分过日子。专事赶猪,出于一次偶然的事件。

从那天,生猪收购点收购了二十多头猪,三个人分别拿一根竹鞭,吆喝着,把猪赶得团团转。当时,没有公路,没有汽车,收购点的猪要弄到公社去,全靠人工赶。三个赶猪人,长得很精壮,有一大把力气,但就是把猪赶不上路。好不容易赶上路了,猪又不听话,有的走得太快,有的走得太慢,还有的看到路边的青草、庄稼之类的又打野食,三个人这儿一鞭子,那儿一鞭子,穿梭在猪群之中,忙得满头大汗。其中一个中年男人,为了拦住一头猪,竟然双腿叉开,结果让那头猪拱飞在地,脑袋磕在一块石头上,鲜血直流。

刘三看得哈哈大笑。

这是个中午,刘三扛着锄头,收工回家,路过。刘三的笑声很刺耳,对那三个人来说,还有一种嘲笑的味道。刚好,中午的太阳又很烈,所以那些笑声还带着一股子热浪。三个人一听,火气就上来了。他们一齐看着刘三,恨不得把刘三也当成一头猪,抽他几鞭子。

中年男人捂着头,坐在地上,恶声恶气地说,你娃是不是想讨打?

以一敌三,刘三不敢再笑了。刘三想一走了之,他刚转过身,背后就传来了中年男人的吼声,回来!

不由自主地,刘三走到了中年男人面前。

你的笑声惊散了我的猪,马上给我赶回来,不然,休想走。中年男人说。

刘三又笑了,不同的是,声音没有先前的响亮。中年男人更气了,他站起来,招招手,就把另外两人招到了面前。三个人,把刘三围在了中间。

我以为啥事呢,赶猪嘛,小菜一碟。刘三说得轻描淡写。

说完,刘三用一根手指撮了嘴,然后弯下腰,一吸气,嘴里就发出了一种奇怪的声音。说来也怪,那些四下跑散的猪,一听到这种声音,就抬头,然后慢慢走到了刘三的身边。这一幕,直把三人看得目瞪口呆。

这一下,刘三想走也走不掉了。

无奈之下,刘三说,帮你们可以,但你们得听我的指挥。

三个人的头,点得像鸡啄米。

刘三说,你,赶一头猪走前面;你们两个,走侧边;我,走最后。刘三指指点点分配完任务,又说,等我一下。然后,刘三撒开两腿,跑向了不远处的一户人家,回来的时候,手里拎着一个水瓢。

一行四人，上路了。

到公社，还有十多里，因为天太热，没走多远，有的猪就掉队了。对那些掉队的猪，刘三就从路边沟里舀一瓢水，劈头泼向一头猪，再舀一瓢，泼向另一头猪……猪一受惊，就往前一蹿，如此几次，就赶上前面的猪了。还有的猪走着走着就开始野了，就出队列了，刘三呢，就用那种奇怪的声音，把猪唤回来，不费吹灰之力。

傍晚的时候，刘三从公社回来了，他提着一小坨肉，一瓶酒，哼着小曲。

后来，公社的收购点只要一赶猪，就叫刘三去。刘三也乐意去。完成任务了，有酒有肉，比挣工分强多了。再后来，他赶猪的传奇故事就在整个公社传开了。从这时候起，他的名号——猪头也随之叫响了。

突然有一天，也正是刘三的赶猪事业如日中天的时候，别人来叫他去赶猪，他却一口回绝，不再去了。

去吧，你这特长不用，太可惜了。来人说。

不去。刘三说得很坚决。

来人继续劝，咋不去呢？有肉吃有酒喝，亏不了你的。

刘三不说话，直翻白眼。

你要咋个才去嘛。来人没辙了。

刘三半天不说话，酸够了，才慢吞吞地说，真要我说？

说吧。来人听出了希望。

给我工资，像你们一样。刘三开出了条件。

这个，我作不了主。不过，我可以反映。来人说完，就回公社去了。

没过多久，刘三就成了食品站的临时工，他的工作就是赶猪。

刘三赶猪，一赶就是十多年。每一年，甚至每一天，他都是有酒有肉，日子过得很滋润。可是，每一年，他因为赶猪，没挣到工分，都欠着生产队一笔不小的口粮款。

十多年后，从公社到大队，修了一条机耕道，刘三就失业了。

刘三回到了生产队,队里的人好像忘了他的大名,把刘三不叫刘三了,叫猪头。

刘三听了,有些不舒服,后来才明白别人是骂他,但刘三不恼,照样答应。

刘三的理解是,你们赶猪都不会,比我猪头还不如。猪头就猪头,总比你们肩膀上的人头好。这样一来,刘三每答应一次,都是高昂着头,声音亮亮的。

于是,叫他的人更来劲了,不停地叫——猪头猪头猪头……

刘三呢,就不停地答应——哎哎哎……

叫他猪头的人,累了,不叫了。

刘三不累,刘三得意扬扬地说,叫啊,咋个不叫呢? 说完,刘三就对着身边的人,用一根手指撮了嘴,然后弯下腰,一吸气,嘴里就发出了一种奇怪的声音,像他赶猪一样。

吃　　肉

王老幺是生产队养猪的。

这天晚上,王老幺坐在一团阴影里,手里握着一把菜刀。他的头上,是一棵树,一棵枝叶茂盛的树。树上,是一轮明月,明月很丰满,那皎洁的光,从很丰满的明月里流下来,洒在树上,再漏下去,洒在王老幺的身上,他的整个人就显得有些模糊了,只剩下一个轮廓了。

王老幺的左手伸进旁边一只碗里,五根手指弯曲,做成瓢状,舀了一些水,抹在了面前的一块青石上。如此反复,三次之后,青石就湿了。然后,他又给菜刀浇了浇水,便开始磨起刀来。

嚯——嚯嚯——嚯嚯嚯——菜刀吃吃地啃着青石,声音开始一点一点地嘹亮起来,兴奋起来。

一个月前,儿子说,我要吃肉。儿子第一次说这话的时候,王老幺看着儿子的眼神,看着儿子瘦骨嶙峋的身子,眼睛就发酸,不知说什么好。后来,儿子说的次数多了,就安慰儿子,说等等吧,等圈里的猪喂肥了,杀了,就有肉吃了。王老幺知道,他的话说了也白说。不错,他家是有一头猪,但那是属于生产队的,肥了就得交任务,如果敢私自杀了吃肉,那他王老幺是不想活了。这些,儿子不懂,于是天天盼着,天天跑到猪圈边,看着一头猪慢慢长,慢慢长……这个过程,儿子是看不到的,但在他的眼里,猪确实在长,而且长得很快。可是,在王老幺眼里,他家的猪根本就没怎么长,还算不上一头架子猪呢。

前几天,儿子生病了。躺在床上,儿子还在一个劲地念叨,要吃猪肉。王老幺握着儿子的小手,把脸转向一边,咬着牙,不停地吞着唾沫。其实,他的嘴里很干,除了舌头、牙齿,什么也没有,但他还是那么使劲地吞咽着,很用力,那表情很痛苦,好像被什么东西哽住了一样。

当天晚上,王老幺就把家里的菜刀带出来了。菜刀久没沾油腥,生锈了。

一连几个晚上,一把菜刀,被王老幺磨得锋快,那块青石,窄窄的,平平的,已经磨成一个弧形了。

生产队养着5头猪,很肥了,队长说再有两个月就可以出栏了。怎么才能让儿子吃上肉呢? 王老幺看着几头猪,想来想去,也想不出一个万全之策。如果说自作主张杀一头猪的话,他不敢。如果说把一头猪喂死的话,办法很多,他也不敢。队长让他养猪,早就有言在先,说猪不能少,少了一头,他要赔;喂死一头,他也要赔。队长说到做到,前面的刘大就是例子,王老幺不是傻子,大家吃肉,他一个人赔钱的事儿,他不会干。昨天,就是昨天,王老幺敢肯定,他在昨天突然灵光一闪,有了那么一个主意,但还是不敢下手。

不知磨了多久,树上的月亮已经不见了,被一团乌云裹住了。起风了,树叶沙沙地响,响得有些瘆人。

王老幺停了手,不再磨了。他的双手因太过用力,手腕开始隐隐作痛。

王老幺又想起了儿子。

王老幺站起来,提着菜刀摸进了猪圈。

突然,静静的夜里,一声惨叫传出了猪圈。黑暗里,王老幺的身子颤抖了几下。王老幺站在猪圈边,一动不动,像一截漆黑的桩。不知过了多久,猪圈里安静下来了,尽管还响着断断续续的哼哼唧唧的声音,但这声音,已经微不足道了。

……

两个月后,5头肥猪出栏了。那天,十来个人带着家伙,拥进了猪圈。

一个眼尖的人,像发现新大陆一样,惊奇地说,咦,你们看,这头猪怎么少了一只耳朵?

大家一看,都说,是啊,咋会这样呢?

接着,大家的目光,又转到了另一头猪,又说,咦,这头猪咋少了半截尾巴呢?

再看,五头猪都是这样,要么一只耳朵不见了,要么半截尾巴不见了。

队长也觉得奇怪,就问王老幺。

王老幺站在队长面前,像小孩一样,哇的一声哭了。边哭边说,队长,有天晚上,我听见几头猪闹腾了,走到猪圈边,用电筒一照,看到一只老鼠,好大好大,正在啃猪的耳朵。我翻进圈,撵它,它还不走,那架势,好像还要啃我的耳朵呢。说到这儿，王老幺的鼻涕流得长长的，他没擦，他的双手正比量着老鼠的长度。也许是紧张过度，他的双臂左右扩展开去，有一米多长了。

有这么大的老鼠吗？队长不信。

队长转身问其他人。其他人也不信，但旁边一个人还是替王老幺解了围，他说，世间的事情，谁说得清楚呢？也许有吧。再说，一头猪缺了这么一点点，也不是什么大事，还是卖猪要紧。

王老幺如释重负。

后来，分田到户，村里人才从王老幺儿子的嘴里知道了真相。当时的队长已经七十多了。

有一次，队长对王老幺说，王老幺，你还会编故事啊，你咋不把你的耳朵和尾巴给你儿子吃呢？

王老幺说，我的耳朵太小了，吃不了几口。尾巴嘛，我没有，如果有，早给儿子吃了。

听完，队长就长长地叹一声。跟着这一声，王老幺的心里，就涌出一阵一阵的酸楚。

做 梦 真 好

林老头的生活很有规律，几十年如一日。

早上，天麻麻亮，林老头就起床，胡乱洗把脸，吃点什么填一下肚子，然后扛上农具,走进田地。中午,有时不是中午,已经是下午了,他觉得饿了,就回家,又吃点什么填一下肚子,接着做上午没做完的活儿。傍晚,天黑透了,他把农具扛回家,再吃点什么填一下肚子,有时连肚子也不填,一头倒在床上,眼睛一闭就睡着了,睡得像死猪一样沉。

林老头就一个人,没多少田地,村里人始终不明白,他咋就总也做不完呢?

这天中午,林老头回家,经过林三哥的院子,被林三哥叫住了。院子里,几个人在吹牛,你一句我一句的,很热闹。

成天做啥子嘛,累不累哟,来,坐一会儿。林三哥把身边的板凳拍得劈里啪啦响。

我还没吃饭呢。林老头很少和村里人聚堆儿,即使坐在了一起,他也从不说话,只是听。

吃啥子饭哦,吃了几十年,不在乎这一顿。林三哥站起来,走到林老头身后,把他推到了凳子上。

几个人接着吹牛。

说着说着,就扯到了做梦上。

一个人说,我昨晚做了一个梦,真怪。于是,这个人就说了他的梦。

另一个人说,你这个梦,算啥怪哟,我还做过更怪的。于是,这个人也说了他更怪的梦。

咋会做这样的梦呢?几个人七嘴八舌,议论了一番。

林三哥总结说,日有所思,夜有所梦,你不晓得一天想的啥,做这些梦。告诉你们,我还梦见过人和猪结婚呢!

转过头,林三哥对林老头说,你做梦吗?

林老头没读过书,不识字,从不看书看报。他想了半天,才结结巴巴

地说，梦是啥啊？

几个人一听，叽叽嘎嘎地笑了起来，笑得很夸张。

你们不要笑，我真的不晓得啥是梦。林老头有点无地自容，像是自言自语。

没关系，今天晚上做一个，你就知道了。林三哥说。

说不定，你还在梦里娶了个老婆呢。林三哥又说。

不，不，不，那是害人。林老头连忙摆手。

在林老头心里，他娶老婆，就是害别人。前些年，村里一个好心人给他做过媒，是一个寡妇，但是，他死活不答应。媒人不管，自作主张把人领到了他家里。寡妇一来，该看的看了，该问的问了。最后得出的结论是：条件不怎么样，人不错，老实、顾家，又不抽烟不喝酒不打牌。于是，寡妇答应了，可他呢，说自己一没钱，二没房，跟了他什么都没有，是害了她。归根到底一句话，还要考虑考虑。寡妇来气了，心里说，我还没嫌你呢，你倒翘尾巴了，那你慢慢考虑吧。

几天后，寡妇就嫁人了。村里有人替林老头惋惜，林老头想得开，一笑了之。

林老头不想害人，听了林三哥的话，他的心里就有些忐忑。

晚上，林老头躺在床上，左右为难，这梦是做呢，还是不做呢？想了半天，他决定还是做个梦，看看梦到底是个啥样子。同时，他又不停地告诫自己，做梦可以，但千万别娶老婆呀。刚想到这儿，他的眼睛一闭，就睡着了，睡得像死猪一样沉。

第二天，林老头醒来，第一件事就是想自己晚上做的梦。可是，他想了半天，什么也没想起来。后来，他才知道，自己根本就没有做梦。林老头有些懊恼，又有些庆幸。

以后的日子，林老头很想做个梦，但一直没有成功。

林老头还是那个林老头，日出而作，日落而息。

有一天，村里突然来了很多人，很多大型机械，往日沉寂的村子，一下子活泛起来了。一打听，原来是新区建设规划开始实施了。以前，村里人都听说，全村划入了规划区域，可左等右等，没见动静，心就冷了。不想，这个时候却动了起来。

修路，修小区，搞拆迁……一派忙碌，一派繁荣。

林老头两间破破烂烂的瓦房，再加上这费那费（他庄稼种得好，树栽得多），算下来有20多万，除去小区一套50平方米的住房，最后剩了好几万。

林老头住进新房了，那天晚上，他终于做梦了。

梦里，他见到了曾经相过亲的那个寡妇，还牵了手。牵手的时候，他的身子，不由自主地莫名其妙地颤抖了起来。

林老头醒的时候，天还没亮。

睡不着，林老头就出门，在小区里漫无目的地溜达。

林三哥夜战麻将回到小区，遇到了林老头，说，有几个钱，睡不着啦，走，我教你输钱去。

林老头摇着头，说，我做梦了。

做梦有啥了不起。林三哥哼了一声，大踏步地走了。

做梦真好！林老头说。

林三哥走远了，这话，他没听到。

和一只羊在海边漫步

　　一只,两只,三只……张美石坐在一块石头上,指着一群羊,总也数不对。羊呢,这儿啃一口,那儿啃一口,跑来跑去的,一团一团的白,晃花了他的眼睛。一只,两只,三只……张美石开始数第四遍了。

　　怎么只有 8 只呢? 张美石惊慌慌地站起来。突然,他像明白了什么似的,又坐了下去。

　　张美石掏出了一张纸,慢慢展开,仔细地看。看着看着,他就笑了,笑得很开心,连眼角的皱纹都笑出来了,弯弯的,跟着他笑。

　　昨天,村里来了人,是镇上的。村主任就向张美石买了一只羊,还打了欠条,说过几天给钱。村主任走了几步,又回过头来,说,你还有多少只羊? 张美石说,还有 8 只呢。村主任又说,你的羊,都留着,我们村上全要了,到时一起结账。羊卖完了,你就可以去找你的小青,去看海了。张美石有些不好意思,只是嘿嘿地笑。

　　村里人都知道,张美石有一个梦。

　　小时候,张美石家突然来了一对父女,男人五十上下,女儿和张美石差不多,也许小点,因为她管张美石叫哥。当时,张美石有了玩伴儿,其他的什么也不管了。再说,他那么小,除了玩儿,还能管什么呢。张美石大了些,才知道,男人是他奶奶的远房亲戚,来他家,是避什么难的。这一避就是四五年。后来,落实政策,男人就带着小青回到一个很远很远的城市去了。

张美石记得,男人带走小青那天,飘着似有若无的雨雾,空气里弥漫着一种湿润的气息。

石头哥,喜欢大海吗?

当然。

你一定要来找我呀,我等你,我们一起去看海。

我一定来,你不是喜欢羊吗? 到时候,我带一只羊来,送给你。

这些话,重复过很多遍了。临走时,小青塞给张美石一张纸条,顺势拉着他的手,不愿松开。男人牵着小青的另一只手,说,走吧,以后石头哥会来的。

真的吗? 石头哥。小青终于哭出了声。

真的,不来是小狗。张美石甩开小青的手,掩着面,跑进了屋里。

男人和小青就这样走了,没有再回来,连一点音信也没有,好像从来也没有出现过一样。

张美石呢,就一个劲儿地攒钱。攒钱的同时,他也想写信,但他只读过两年小学,识不了几个字,只好作罢。没过多久,他爸妈吵架,吵得很凶,他妈一气之下,跳了堰塘。他爸为了把人救起来,也跟着跳了下去。最终,两个人都没能再上来。

张美石成了孤儿。

张美石吃着百家饭,守着两间土墙房,长大了。长大了的张美石,农活做不来,又不会什么手艺,成天就那么东拼西凑地过日子。直到去年,镇里扶贫,送了他两只羊,一只公羊,一只母羊。现在,这两只羊,已经变成一群羊了。

有了羊,就有了钱。听了村主任的话,张美石的梦想一下子茂盛了起来,把他的整个心都染绿了。

接着,张美石卖了第二只羊,第三只羊……不到两个月,他的羊就仅剩一只了,那一只最小,是他留给小青的。其余的羊,全卖给了村主任。每卖一次,村主任就打一张欠条给他,说,放心吧,到时候一起结。

村主任说话算数。

张美石第一次去收钱的时候,村主任说,今天没准备,明天来吧。于是,第二天,张美石又去了村委会。村主任马上叫会计接了欠条,把钱一起付给了他。8 只羊,一共 2500 元,张美石从没见过这么多钱,他拿钱的手,不停地颤抖着。出门时,被门槛勾了一下,差点摔了一个大跟头。

几天后,张美石牵着一只羊,出发了。

没走多远,张美石突然停下了脚步,不断地敲着自己的头,说,我真糊涂,怎么连这个都忘了呢?

张美石回家,从一个破箱子里,拿出了一个小木盒,打开后,看到的竟然是一堆碎纸屑。纸屑里,夹杂着一些干硬的老鼠屎。再看,木盒旁边有一个洞。

纸上,是当年小青写给他的地址。

晚上,张美石做了一个梦,他梦见自己找到小青了。他和小青手牵着手,在海边漫步。他们前面,是一只羊,羊走得很慢。可是,不经意间,他眨了一次眼,身边的小青就不见了。再眨一次眼,前面的羊又不见了……于是,张美石就喊着小青,不停地眨眼……

梦里,张美石把自己喊醒了。脸上湿漉漉的,一摸,全是泪。

说 聊 斋

在桠村,如果有人说到一件事,不管他说得多么绘声绘色,多么真实生动,只要不是桠村人亲眼所见,听的人就不相信,就会来上这么一句:你是不是说聊斋哟!首先申明,下面这件事可不是说聊斋,因为,它就发生在桠村。

桠村后靠大山,前临巴河。巴河下游,是一个小型发电站。于是,巴河就成了一个湖。湖岸是一个斜坡,坡上,一条省道迤逦而去,通向山外的古灵县。

这天是周末,桠村上空突然飘出一股子油味。

是柴油味!桠村人耸几下鼻子,立马就分辨出来了。其实,也不是他们的鼻子特别灵,是村里拖拉机多。

于是,不知是谁吆喝了一声,村里人都带上家伙,一路飞跑,往湖边去了。

一个湖,像一锅煮沸的水,一个个碗口大的气泡不停地从湖里冒出来,然后,一层棕褐色的油,就浮在湖面上,四下扩散。

天哪,我们这个湖,变油田了!湖岸上的人们,放下担子,提一只桶,拿上瓢,手舞足蹈地下了坡,开始在湖边抢占有利地形。

刘科人小,被大人们推搡着,挤到了最后边。

刘科干脆不往前挤了,他知道再怎么用劲,也不是对手。他贴在大人们的身后,瞅一个隙缝,像泥鳅一样,一侧身,就滑到前面去了。后面的王老石笑骂着,轻轻推了他一下,差点把他推进了湖里。

不到一支烟的工夫,男男女女,老老少少,都蹲在了湖边,排成了一条长龙。大家像是经过排练了似的,动作完全一样:右手持瓢,左手扶桶,身子前倾,把瓢轻轻伸向湖面,轻轻按下去,将面上的一层油舀进瓢里,再直身,把油倒进桶里……

刘科和王老石挨在一起。

王老石动作熟练,看着刘科笨拙的样子,说,你爸呢,咋不来? 就你这样儿,怕挣不了几个钱的哟。

刘科不理他。刘科还在为王老石推他的事生气。刚才那一推,着实把他吓得不轻。

王老石笑了笑,明白了刘科的心思,说,还生气呀,放心吧,掉不下去的,我心里有数。

过了一会儿,王老石又说,你读初中了,懂得比我多,你说说,如果我舀上 10 桶,能卖多少钱?

刘科知道伊拉克战争,知道利比亚战争,还知道这些战争都与石油有关,所以,刘科就说,现在一桶石油好几十美元呢,如果是人民币,应该有几百吧,柴油嘛,10 桶,少说也要值几千吧。

真的呀? 王老石眼睛里放出光来,他手上的动作明显加快了。

王老石的桶,是木桶,很大,一桶有五六十斤吧。他舀满一桶,和其他人一样,就提上坡,然后提着另一只桶,下坡,再舀。等舀满了,再提上去。两只桶满了,就挑回家,倒进缸里,盆里。再挑着空桶,到湖边,再舀。

整整一天,桠村人往返于家与湖之间,忙得心里像开了花,美妙得无与伦比。

夜幕,把山山岭岭全笼住了,也笼住了桠村。

刘科和细妹守在家门前,等着爸爸回家。

远处,突突突的声音响了起来,由远而近,越来越大,这是拖拉机的声音。从方向上判断,应该是爸爸回来了。前不久,刘科家借钱,买了一台拖拉机,爸爸每天开到镇上的建筑工地上去,拉些活儿,挣些钱,供刘科和细妹读书。刘科的妈妈,已经病逝一年多了。

刘科和细妹身边,是 5 个盆,4 只水桶,一只大黄桶,装满了从湖里舀回来的柴油。从屋里透出来的灯光,照在盆里,桶里,油油地亮。

真的是爸爸回来了。刘科站起来,迎了上去。

爸爸停好拖拉机,走到门前,惊得停下了脚步。

刘科指着那些盆哪,桶哪,自豪地说,这些柴油,够用好几个月了。

哪儿来的? 爸爸问。

刘科就说了湖里冒柴油的事,还说,如果爸爸你今天在家,可能比他们抢得还多呢。

湖里舀起来的,那是水,能用吗? 爸爸摇头。

能用啊,王小武他们家试过了。

能用当然好,那可是几千块呢。

这时,站在刘科旁边的细妹突然说话了,她说,爸爸,湖里真的能冒柴油吗? 他们都这样说,我不信。

管他的,只要能省钱,能赚钱,就行。

不嘛,爸爸,你说说,湖里的油到底是从哪儿来的嘛。细妹拽着爸爸的衣服,不依不饶。

爸爸抠了抠后脑勺,自言自语,是啊,到底是从哪儿来的呢?

抠了半天,没有答案。没有答案,细妹就要了爸爸的手机,一边玩去了。

这天,桠村的夜晚,与往常不同,多了热闹。

第二天,刘科才知道,原来村里有拖拉机的人家,都把其他人家的柴

油买光了。王老石卖的钱最多，1000块。

临近中午,桠村来了一群人,有的还穿着制服。他们来村里,是了解湖里冒柴油的事,还说,这涉及一桩重大的交通事故。

村里人一听这话,知道发生大事了,就像统一了口径似的,都说,没这事,没这事,湖里哪能冒柴油呢?

一个穿制服的拿出一个微型录音机,一按,一个声音就响起来了:叔叔,我们湖里冒柴油了,湖里怎么会冒柴油呢? 我不信……

那是细妹的声音。

细妹读三年级,昨晚,她想知道答案,就用爸爸的手机拨了110。

还有两件事,值得一提。

一是,事隔三天,很多的人,很多的吊车,就从湖里打捞出了一辆车,一辆油罐车,司机早已身亡。

二是,事隔三个月,村里所有的拖拉机,全都报废了。刘科爸黑着脸,把那些盆哪,桶哪,踢得满屋子打滚,刘科站在一边,不敢吭声。

桃 花 扇

桃花回来了。

桃花回来的时候,桃花故里的桃花还是花蕾,那紧裹的身子,很像害羞的少女。本来,画院的活儿很多,桃花又是院里画桃花的高手,但是,桃花实在等不下去了,她觉得,自己就像一朵家乡的桃花,被抛到了一个叫北京的地方。那个地方,是风沙的天下,不适合她这朵桃花的开放,如果再不回来,她自己真的就要零落了,要被碾成泥了。碾成了泥,也就罢了,终究会在地上,怕就怕成了泥之后,还成了灰,飘在空中,不知飘向哪里。所以,桃花不顾一切地,逃之夭夭了。

桃花迫不及待地走进了她家的那一片桃林。

站在一棵桃树前,桃花抚上了一个花蕾。那个花蕾,刚刚露出了一点红。这点红,肉眼看不出来,桃花看出来了,因为,桃花还带了点想象。

不去了? 母亲说。

桃花身后,站着她的母亲,还有她的父亲。他们帮桃花把几大包行李搬进屋,随后就径直来了桃林。他们知道,桃花就在桃花林里。

不去了。桃花转过身,一把挽上了母亲的胳膊。

回来和我们一起,开农家乐? 父亲疑惑了。

桃花笑而不答。

丢下你的专业,你舍得? 父亲有些不信。当初,桃花要读美院,当父亲的,拦了,没拦住。可是,毕业才一年,工作好好的,工资又高,现在说回来就回来了,父亲不信,正常。

放心吧,我回来,还是搞我的专业。

在这儿?

是啊,就画我的桃花。桃花的另一只手,挽上了父亲,说,走吧,回家,让你们看看我的宝贝。

桃花的宝贝,是一包画画的工具,两大包带着扇骨的成扇。

这个,就叫桃花扇? 父亲摇了摇头。

别急嘛。桃花说着,取出几样工具,调好颜料,展开一把折扇,变戏法一样,三五几下,就画出了一枝鲜艳的桃花。

桃花,在折扇上盛开。折扇,在父亲和母亲的手上传递。看着父母脸上的笑容,也像一朵绽放的桃花,桃花得意扬扬地说,怎么样? 不错吧! 打今个起,你们呢,就经营农家乐,我呢,就卖我的桃花扇。

父亲啥也没说,轻摇桃花扇,缓步而出。

没过几天,桃花说开就开了,整个桃花故里,像是铺了一层红云。来来往往的车流、人流,全都笼罩在了这一层红云之中。

桃花家的桃林里,摆了两张条桌,一张桌上,是堆成山样的折扇、团扇;另一张桌,是桃花的工作台,上面摆着桃花变戏法的道具,当然,这是游客的说法。桃花扇的制作流程,做成了几个广告牌,外面的公路边有,她家的农家乐有,当然,两张桌子前面,也有。游客只要进了桃花林,觉得哪枝桃花开得最艳,最美,只需喊一声桃花,桃花就去看几眼,然后,回到工作台,在客人选好的扇面上,用不了一支烟的工夫,就把那枝桃花画了出来,然后就是落款、盖印,如果游客感兴趣,还可以题诗。有人拿着桃花扇和选中的桃花对照过,说桃花画得一模一样,不差分毫。于是,都说桃花的功夫很绝。由此一来,桃花的生意很好,忙得晕头转向。

这天早晨,一个小伙子走进了桃林。

小伙子走到桃花面前,没说话,只是笑。桃花也笑。桃花对每个游客,都笑。所以,桃花没有觉得小伙子特别。但是,小伙子笑着笑着,就伸出了手。桃花也笑着伸出了手,两只手就握了一下。

看吧,看中了哪一朵桃花,叫我一声。桃花说。

真的? 我说了,你可别生气。小伙子收住了笑,一脸的认真。

哪会呢? 桃花说。

那我说了。小伙子有一点犹豫。

说吧。桃花说。

就看中了你,画吧。小伙子说。

我只画桃花。桃花说。

你就是一朵桃花呀。小伙子说。

不画。桃花有些生气了。

说好不生气的，怎么生气了呢？小伙子听出了桃花话里的生硬。

要不，你说，哪朵桃花开得最好看，我画。小伙子说完，又补充说，我不收钱的，放心吧。

桃花心里有气，就想小伙子出丑。于是，桃花就走到了一株桃树面前，指着几朵带露的桃花，说，画这一枝吧。

小伙子细细地看了一阵，回到桃花的工作台前，熟练地调好颜料，拿过一把折扇，画了起来……画完，题上了"人面不知何处去，桃花依旧笑春风"的诗句，然后落了款，还从口袋里掏出了印章……桃花一看，那上面赫然盖的是"桃花山人"。在北京，桃花就听说过这个大名，还听说，这个"桃花山人"也是画桃花的高手，还是他的师兄。

你怎么到这儿来了？桃花说。

在北京，就想见你，只是没机会。后来，听说你回了老家，找朋友打听了一下，就来了，来给你打工。小伙子说。

我可请不起你。桃花心里，像水波一样，漾了一漾。

不要工钱，可以吗？小伙子又笑了。

那——桃花还是犹豫。

别再那了，就这样。小伙子不由分说，站到林子边上，开始张罗——一声吆喝，一群男男女女就随之涌进了桃林。

桃花站在桌边，不知所措。

我的哥们姐们，他们是专程从北京来，看花的，也看你。小伙子说。

桃花的脸上，悄悄地漫上了一层红云，极像桃花扇上一朵盛开的桃花。

伟 人 山

包产到户那一年的某一天，老农突然发现了伟人山。

伟人山作为一座山，当然早被当地人熟知，只不过，那之前人们不叫它伟人山而已。

伟人山的对面半山腰，老农有块地。那天，老农把地里的农活忙完了，觉得累了，就坐在地边，抽上了烟卷。穿过飘浮的烟雾，老农的目光，落在了自家那两间木房上。看够了，他的目光开始往上，再往上，接着便停在了山顶。突然，老农惊得张大了嘴巴，过了很久，方才回过神来。然后，一骨碌翻将起来，朝一座山，跪了下去。

于是，一传十，十传百，村里人都跑到了山对面。老农一边指指点点，一边说，你们看，那些起起伏伏的山峰，连起来看，像不像某某某仰卧着？再看，那头，那脸，像不像？还有，那鼻子，那嘴巴，像不像？老农每问一句，人们都说，像，确实像！

从此，人们便把山叫伟人山了。

第二年，老农家的粮食丰收了，特别是伟人山对面那块地，收了整整300斤小麦，这可比老农家一年的口粮还多啊！啧啧啧，村里人都说，我们有伟人保佑着，以后，可以吃个饱饭了。

果然，家家户户的收成一年比一年好，不再愁吃愁穿了。村里人懂得感恩，每到过年的时候，老农一声吆喝，人们就端着早已准备好的祭品，拖儿带母的，沿着小路下山，乘船渡过谷底的小河，来到伟人山对面的空旷之地，摆好祭品，点燃香蜡火纸，齐刷刷跪一排，遥祭伟人。

后来，公路修到了伟人山的山脚，偷树的就多了起来。有的来自山外，他们十来个人，半夜带上家伙，开着车子进山，山里人烟稀少，很难发现，即使发现了，也不敢咋样；有的人来自村里，他们联系好销路、车子，帮凶，半夜一样可以行动。山上的树桩多了，林子稀了，老农坐不住了。如果他们偷到山顶，后果就严重了。

一天下午，老农卷了一床被子，去了山顶。

老农搭了一个简单的窝棚。老人住进了窝棚里。

晚上，老农睡得早，睡得更早，一到凌晨，老农就醒了。醒了后，老农就一个人在林子里走来走去，支棱起耳朵，听周围的动静。有时，涛声太大，掩盖了其他声音，老农就沿着山顶一路走下去，估摸着差不多了，又折回来。如果是冷了，老农就提一个小小的风炉，继续走，一直走到天亮。天亮了，老农就回到家里，该干吗干吗，傍晚时分，又才上山。

有一次，老农还真碰上了贼娃子。

贼娃子一共 5 个人，晃着手电，朝着山顶爬了上来。他们不知道，老农早就发现他们了，早就埋伏在他们的必经之路上等着他们了。等他们走到跟前，老农倏地站了起来，吼道，回去。5 个贼娃子吓了一跳，之后，揿亮手电，一看，是一个老人，胆子大了起来，其中一个说，少管闲事。另一个人上前，一把掀开老农，继续向前。老农一个趔趄，稳住身形，一转身又挡住了贼娃子。

活腻了是不是？打头阵的人气汹汹地说。

咋了？来硬的？告诉你，我不怕你们。你们知道这是哪儿吗？伟人山！老农说得铿锵有力。

知道，听说这儿树最好，我们只需要两棵。

一棵都不行。

老农说完，从身上掏出两颗雷管，又说，你们走吧，如果来硬的，我往风炉里一丢，大家同归于尽。老农说着，提起风炉，往里吹了一口，里面的木炭就随之红了起来。

贼娃子后退了几步。

僵持了几分钟，他们终于悻悻地下山去了。

就这样，老农在伟人山山顶，住了十几年。

一个偶然的机会，一个偶然的话题，一个朋友讲到了老农。于是，我便知道了老农的故事。现在，老农怎么样了？我很想去看看。

百里峡，离县城一百多公里，已经初步开发成了一个旅游景区，伟人山就在百里长峡里，听说已经成了一个很有名的景点。前不久的一个周末，闲得无聊，我便约了两个朋友，一起去看看老农，顺便，看看百里峡的风景。

公路是前几年修的，因为进山拉煤的重车太多，一条水泥路被碾得龇牙咧嘴，小车走在上面，像被咬痛了似的，忽高忽低蹦个不停。

颠了4个多小时，终于走进了百里峡。我们找了一处农家乐，停了车，吃了饭，开始沿着公路向里走，寻找伟人山上的老农。

刚上公路，我们遇见一位老人，一听我们此行的目的，他便自告奋勇，做了我们的免费导游。

老人八十多了，身子还很硬朗。他带着我们，一路走走停停，一路指指点点。

远远地，老人就说，你们看，伟人山。

我们看了一阵，都说，不像呀！

是吗？你们想一下某某某伟人的样子，再看，就像了。老人笑眯眯地说。

我们就想了想，再看，果然，像了。

顿了顿，老人又说，其实，你们没错，我和你们一样，现在看来，伟人山更像一座山。

　　末了，我们说，老大爷，你年纪大了，找守山的老农你就不用去了，我们自个儿去吧。

　　老人呵呵一笑，说，你们也不用去了，守山的老农，就是我呀！

　　你没守山了？我们吃了一惊。

　　早就没有了，我儿子开了个农家乐，我帮他照看生意呢！老人的话，说得很坦然。

　　临走的时候，我们再次回头，正如老人说的一样，伟人山的确不像伟人，它更像一座山了。

乌夜啼

屋顶上的油菜花

种了几十年的地，突然闲下来了，刘老汉的心里闷得慌。

傍晚，儿子大强和二强下班回来，刘老汉对他们说，我又可以种地了。大强说，做梦吧你，你当不成农民了。二强说，是啊，你想种都没地呀，别东想西想的了，安心享你的福吧。刘老汉说，这个，你们别管。

第二天，刘老汉起了个早，他找出了尘封已久的锄头、扁担、箢箕，自个儿去了野外。没多久，刘老汉就挑回一担泥土，一直挑上了楼。

全家人疑惑不解，便尾随其后。

挑上屋顶，刘老汉放下担子，蹲在一边喘气。上了年纪，体力差了。刘老汉一边揩汗水，一边自言自语。看见大强二强他们，刘老汉就指着箢箕说，把土倒出来。大强没动，二强也没动。大强说，你要在这上面种地？不可以吗？刘老汉懒得多说，他自己起身，倒掉泥土，又挑着担子下了楼。

刘老汉决定的事，五匹马都拉不回头。看着刘老汉的背影，大强二强只有苦笑的份儿。

让他去吧，我们不管了。大强说。

就是，折腾累了，趴下了，自然就收场了。二强说。

可是，刘老汉的身子骨好像偏偏和大强二强作对似的，迸发出了无穷的活力。第一天下来,刘老汉觉得肩酸背痛的,就用拳头揉了揉,捶了捶,睡一觉起来,又接着干了。第二天下来,刘老汉自我感觉还好,肩没昨天酸了,背也没昨天痛了,干脆不揉也不捶,吃过晚饭,就躺到了床上。后面几天,刘老汉不但挑得多些了,还走得快些了。走起路来,地皮都打战。刘老汉发现,自己好像年轻多了。

第十天,屋顶已经倒满了厚厚一层泥土,看不见一丝灰白的底色了。

刘老汉花了两天工夫,把土弄平了,把大块的捣碎了。然后,他掏开一小块地方,张开拇指和食指,量了量泥土的厚度。

薄了薄了。刘老汉一边摇头,一边拿起了扁担。

刘老汉一连又挑了 3 天。

一块地,在刘老汉的手里,终于诞生了。

那天晚上,刘老汉把全家人叫到屋顶,兴奋地说,你们看看,种什么合适?

种什么都行,反正不能种水稻。大强说。

还用你说,三岁娃儿都晓得。女人呛了大强一句。

种小麦吧。二强说。

刘老汉没有肯定,也没有否定,而是走到孙子刘星面前,说,刘星,你说种什么好呢?

刘星抠了抠后脑勺,然后像发现新大陆一样,说,种油菜,我好久没见过油菜花了。

好吧,听刘星的,就种油菜。刘老汉一拍大腿,就像拍卖场落下的锤音,没人再反对了。

油菜,终于种上了。

刘老汉每天做的事,就是三顿饭后,守着那块地,想象着油菜发芽、出土。然后,看着油菜生长。有时,他看一株油菜,一看就是老半天。油菜越长越高了,他又忙着锄草、施肥,干得不亦乐乎。

油菜,终于开花了。

粉黄色的花朵铺满了屋顶。远看,金黄的一片,像一片金黄的云彩,飘浮在空中,凝固在刘老汉家的房上。

人们都不敢相信自己的眼睛。油菜花怎么跑到刘老汉家屋顶上去了? 人们互相傻傻地打听着。为了一看究竟,相信的人,不相信的人,都到刘老汉家来了。

刘老汉把他们一批一批带上了屋顶。

看够了,就有人说,刘老汉,看不出来,你还挺有创意嘛。

还有人说,刘老汉,你这么大岁数的人了,还挺浪漫的嘛。

刘老汉搓着手,嘿嘿地笑。

傍晚时分,送走最后一批客人,刘老汉站在菜地边,看着远远近近被围墙圈起来的田地,心里的喜悦一点点地消失了,代之而起的,是一些说不清道不明的惆怅。

楼下,大强在喊刘老汉吃晚饭了。

刘老汉答应着,下楼。突然,他的脚下一虚,从楼梯上滚了下去。

刘老汉住进了医院。

医生说,刘老汉是内伤,很重。

临终时,刘老汉拉着刘星的手,看着大强和二强,说,保住屋顶那块地,继续种下去。刘星没回答,只是喊着爷爷,哭。

突然,刘老汉看到了刘星身上那些星星点点的油茶花粉,笑容就露了出来。

人们都说,刘老汉含笑而终,走得很安详。

乌 *夜 啼*

树上有一个鸟窝。

树在祥子门前。树很高大。起初,祥子没注意,也没闲心去管,儿子的病,已经让他无暇顾及了。后来,祥子发现,两只黑黑的鸟飞来飞去,极快乐的样子。他突然明白,那两只鸟,是乌鸦。再后来,每天晚上,祥子便听到了一只乌鸦的啼叫声。那声音,和他的心情一样,有一种难言的忧伤。

村里人都说,乌鸦叫,不吉利呢,祥子的报应来了。

祥子天不怕地不怕,当然不会像村里人一样迷信。但是,乌鸦整夜整夜的叫声,叫得他心烦,叫得他无名火起。这天天一亮,祥子就爬起来,拿出他很久没用过的火药枪,装了药,对准那只鸟窝,就是一家伙。一只乌鸦扑腾着翅膀,和鸟窝一起,重重地掉在了地上。空中,一些黑色的羽毛,在火药味中,四处飞扬。

乌鸦躺在地上,地上一片殷红。一双眼睛,无神地看着祥子。乌鸦旁边,是一只摔出窝的小乌鸦。小乌鸦身上,还是一些浅浅的茸毛,很漂亮。

祥子一咬牙,提起右脚,踩了下去。

爸爸,我要。儿子说。

这时候，祥子的脚便顿在了地上。他顺势后跟着地，脚尖就抬了起来。他的脚尖下，那只小乌鸦死里逃生。

祥子回头，儿子乞求的眼神，让他心一软。祥子挪开脚，说，好吧。

儿子笑了，苍白的脸上还泛起了红晕。

儿子很久没笑了。自从女人因为儿子的病，因为家里穷，逃离这个家以后，儿子就没有笑过了。现在，儿子终于笑了。祥子回转身，在儿子脸上，亲了一口。然后蹲下去，双手捧起小乌鸦，放到了儿子摊开的手心里。

有了小乌鸦的陪伴，儿子快活了起来。

可是，一连两天，小乌鸦除了喝点水，啥都不吃，一直蔫蔫的，有气无力的样子，让儿子的笑像凝固的冰一样，化不开了。

这天，儿子说，爸爸，它是不是病了？

不会吧，它怎么会生病呢？不会的。祥子说。

肯定是病了。儿子的小手抚着小乌鸦的脊背，爱怜地说。

也许是吧。祥子顺着儿子的话说。

给它看看病吧，爸爸。儿子说。

看着儿子，祥子无言以对。为了给儿子治病，早已家徒四壁不说，还从亲戚那里借了一屁股的债，儿子已经断药两天了，哪有钱给一只乌鸦看病呢？

也许，儿子看出了祥子的心思，就说，我不吃药了，先给它看病吧。

祥子点了点头，然后，大步出门，坐在了屋檐下的滴水石上，看着远山，想，到哪儿去借钱呢？

最后，祥子只好硬着头皮，去找李村长。

祥子说明来意，李村长一言不发。祥子也不急，就那么枯坐着，等。等了很久，李村长才说，你呀，以前稍不顺你的意，就对大家非打即骂，知道大家恨你了吧，知道借不到了钱了吧，平时呀，还是要积点德，不然，哪个帮你啊。我嘛,就大度些,不计较你的过去,就借你100块钱吧。说完,李村长掏出钱,递给了祥子。

祥子接过钱,飞跑回家,抱着儿子,儿子抱着小乌鸦,一起去了镇医院。

一听说给自己看病,儿子就哭着说,我不看,我不看。

祥子明白儿子的意思,僵持了一会儿,只得依了儿子。

打听了半天,祥子终于找到了一家宠物医院。

医生听说是给一只小乌鸦看病,差点笑掉了大牙。但生意上了门,他只得装模作样地给小乌鸦看了。他给小乌鸦开了药,打了针,交代了些注意事项,最后收了80元。回家的路上,儿子不断哄着小乌鸦,开心得不得了。

回到家里,儿子像个小大人似的,一天三次,像祥子哄他一样,哄小乌鸦吃药。小乌鸦不会说话,只是睁一双小眼睛,看着他,很幸福的样子。

药吃完了,小乌鸦还是一如既往,没有一点好转。

儿子呢,已经断药3个月了。

祥子借不到钱,心急如焚。

儿子的病情急转直下。

儿子不行了。儿子最终还是去了。

儿子闭上眼睛的时候,他的怀里抱着小乌鸦,一脸灿烂的笑容。

小乌鸦在儿子怀里,一动不动,也陪着儿子一起去了。

祥子把小乌鸦和儿子葬在了一起。

那天晚上,祥子披一身黑,坐在一座小小的坟茔前,哭了。那哭声,村里人都说,很像以前他家门前那棵树上的乌鸦。

我不是一只猴

毛小猴长得像猴,村里人都说,他是猴变的,他就是一只猴。

毛小猴没见过猴,不知猴长啥样子。毛小猴疑惑了,自己有鼻子有眼,和村里其他人比,零件没少一样,没多一样,怎么会是一只猴呢? 有这个想法的时候,7岁的毛小猴正倚着一棵槐树,抬起头,看天。虽然,毛小猴已经7岁了,但还不大会走路,他只会扶着墙壁或是凳子之类的东西,一小步一小步,向前挪。否则,他就只有四肢着地,向前爬了,像狗一样。其实,确切地说,像猴一样。因为,他身材瘦小,像猴;他的脸,也像猴。不仅如此,毛小猴还擅长爬树,那样子,和一只猴真的没什么区别。

远处,刘老师朝毛小猴走了过来。刘老师是去学校上课的,他在村小学教书。

毛小猴,看什么呢? 刘老师走到了毛小猴面前,说。

毛小猴收回目光,一看,是刘老师,转身就抱住树干,双腿一蹬,嗖嗖嗖地蹿上了树。

毛大河呀毛大河,你这家长是咋个当的哟! 刘老师摇摇头,冲着毛大河的家,扔下一句话,走了。

毛大河是毛小猴的爸爸。前不久,刘老师曾拍着他的脑袋,对毛大河说,你家儿子啥都好,就是不会走路,让他多练习吧,是能够逼出来的。

于是，毛大河就拿了一根竹鞭，逼他走路。一时半会可以，久了，毛小猴就没了耐性，总觉得走路，不如爬着自在、舒服，于是就坐在地上，不动，只是哭。毛大河就舞起鞭子抽他，抽了几下，没什么效果，也懒得抽了，任他去了。

从此，毛小猴一见刘老师，就躲。他怕刘老师又要他爸逼他走路呢！

毛小猴透过密密的树叶，见刘老师远去了，正要下树，又看见了他爸。他爸毛大河挥着一根长鞭，恶狠狠地，朝他走了过来。

来到树下，毛大河仰着头，吼，下来！

毛小猴说，不！

毛大河又吼，真不下来？

毛小猴说，就不！

父子俩僵持了一会儿，毛大河转身找来一把斧头，往树干上一挥，斧头就被树咬住了。然后，他摊开双手，吐了一口，边搓边说，再不下来，我就砍树了。

毛大河的狠劲上来了，毛小猴就怕了。毛小猴哧溜滑下树，坐在地上，哇的一声大哭起来。

从今天起，我就当一回家长给你看。毛大河看着刘老师离去的方向，咬牙切齿地说。

毛大河像拎小鸡一样，把毛小猴拎到墙角，说，今天，你必须给我走，走两个小时，不然，看我不抽死你。

毛小猴还是哭。

毛大河一鞭子抽了下去，痛得毛小猴一弹，跳了起来，扶住了墙壁。

走！你想当小猴子，我可不想当老猴子。毛大河吼。村里人管他们父子俩，一个叫老猴子，一个叫小猴子，毛大河忍气吞声，受了。现在，他把所有的怨气都撒在了毛小猴身上。他见毛小猴还是不动，就下了重手，劈头盖脸又是几鞭子，又狠又准，抽得毛小猴鬼哭狼嚎。

毛小猴知道，不走不行了。

毛小猴就慢慢地，扶了墙壁，挪开了脚步。眼泪、鼻涕，糊了一脸。

两个小时，毛小猴觉得好漫长。有好几次，他都想一屁股坐下去，爬一段，再走。但他看一眼毛大河手里的鞭子，再看一眼毛大河凶狠的目光，就不敢了。他发现，毛大河变了。以往，毛大河才不怎么管他呢，只要他高兴，可以绕着村子爬一圈，可以带着几个小伙伴，到树上给他们掏小鸟，换取他们少叫几声小猴子和老猴子，还可以一个人爬到村小学，爬上那根木头做的旗杆，摸一摸那面鲜艳的五星红旗和红旗上的五角星。即使听了刘老师的主意，毛大河逼他走路的那些天，也没这么狠过。于是，毛小猴有些恨毛大河了。他在心里，学着村里的人样子，骂了几声老猴子。骂完，毛小猴解气了，走得也顺溜多了。

时间到了，毛大河放下鞭子，抱起毛小猴，说，记住，你是人，不是猴子，你不能爬一辈子，你一定要学会走路。不然，我这个爸真的就是白当了。明天，继续！

毛小猴一听，露出了哭相，但他没哭出来。

第二天，第三天……到第七天，毛小猴就能单独走了，但走得不利索，歪歪斜斜的，掌握不了平衡，那样子和一个一两岁的小孩差不多。

半年后，毛小猴终于可以和正常人一样，能够行走自如了。

为了这一天，毛小猴身上的重重鞭痕，一茬一茬地生长，一茬一茬地消失。从小，村里人都叫他小猴子，虽然他从不承认自己是猴，但人们叫得多了，有时，他也怀疑，怀疑自己真的是不是人，但会走路的那一刻，他终于确信，自己是一个人了。那天，他围着村子，走啊走啊，不知疲倦地走着，他要让村里的每一个人都能看见，他，毛小猴，会走路了。

毛小猴会走路，村里人都看见了，他们先是惊奇，再是不屑。

小猴子，会走路了？有人明知故问。

会走路又咋样？会走路还是一只猴。有人不以为然。

有一次,刘老师正好经过,他挤进人群,把毛小猴拉出来,说,别理他们,走,我送你回家吧。

　　毛小猴跟着刘老师,默默地走。

　　在路上,刘老师又说,毛小猴,你不错啊,终于可以走路了,从地上站起来了。

　　毛小猴停下脚步,歪着头,说,是人,都可以站起来的。

　　刘老师一愣,他没想到,7岁多的毛小猴能说出这么深刻的话。之后,刘老师就说,毛小猴,到家了,你回吧,下半年我教一年级,来读书。

　　毛小猴说,好!

　　毛小猴跑进屋,捧出一块西瓜,追上刘老师,双手举到他眼前,说,刘老师,谢谢你,要不是你,我还是一只猴。

　　说完,毛小猴就笑了,笑得很开心。

墙上的微笑

　　女人站在校门外,和很多家长一样,伸长脖子,朝校园里张望。女人张望一会儿,就收回目光,用一双看不见的手,把目光里表达出的那些东西一丝一缕地抽出来,全藏进了内心深处。女人的眼里,啥也没有了,空洞而迷茫。女人像夜幕中,旷野里的一株孤独的树,全身上下披了一层厚厚的寂寞。

女人是来接儿子的,儿子读小学二年级。

儿子长这么大了,从幼儿园到小学,女人从来没操过心,也从没接送过一次儿子。

女人连学校的具体位置都不清楚,女人只记得儿子就读的学校是太平路小学。小学离家有3站路,不算远,也不算近。女人坐上公交车,心里就开始惴惴的,有些不安,那心情,和一个人出远门到一个陌生的地方一样。到了太平路,女人下车了。女人找了两条街,没找到,问路人,有些路人摇头,说不知道;有些路人看一眼女人,胡乱指一个地方,话也不说,就急急地离开了。找不到学校,就接不到儿子,女人差点哭了。女人没哭出声,女人灵机一动,就问街边的店主。气派一些的比如酒店、茶楼之类的,女人不敢进,再说,别人都在忙生意,没时间理会她这些鸡毛蒜皮的事情。女人选择的是一个卖水果的小店,女人走进去的时候,店主正仰在椅子上,闭目养神。

女人在店主身边站了一会儿,才细声细气地问,请问大哥——等店主睁开眼,女人又接着问,太平路小学怎么走?

后面,第三个路口左拐。店主指着身后说。说完,又闭上了眼睛。

女人说了声谢谢,就向店主说的方向去了。女人边走,边记街两边那些让她目不暇接的店名。女人怕忘了路,如果万一忘了,找起来也容易些。

终于,哐啷一声,校门开了。校园里,人头攒动。

终于,女人看到儿子了,儿子也看到她了。

儿子远远地站着,女人走上去,对儿子说,走吧,回家。

儿子抬起头,问,妈妈,爸爸呢? 爸爸怎么不来接我呢?

女人转过头,悄悄抹了一把眼睛,说,今天,妈妈接你。

女人,在一个家政公司做钟点工。时间不固定,啥时有活儿,啥时就通知她。女人就按照家政公司提供的地址,上门服务。有一次,女人回老家，带了些土特产，送给了经理。女人还给经理说，请经理多给她派些活儿，她不怕苦，不怕累。女人这个意思，一句话就可以说清楚，但女人说了半天，才说明白。听明白后，经理答应了。于是，女人的活儿就多了起来，有时晚上十一二点才回家。回家的女人，用疲惫的身子，带回了大街上繁华的霓虹。霓虹闪烁，女人的脸，在霓虹的闪烁中光彩动人。

就在下午，女人鼓起勇气，找到了经理，说她下午5点后就不能上班了。经理没说话，脸上有些不高兴。女人又说，儿子早晨上学，中午在学校吃，下午5点要人去接。这话说完，女人就流泪了。经理沉默了一会儿，无可奈何地说，好吧，你5点就去吧。

5点钟，女人准时出发了。

儿子接到了，但儿子可能一时还不习惯，儿子就那么站着，看着女人，不动。女人拉了拉儿子的手，又说，以后，妈妈天天来接你。女人稍稍用了点劲，一带，儿子不情愿地跟着女人，慢慢离开了校门口。

等车、上车、下车，女人和儿子，该回家了。

家不是真正的家，是租来的。

回家的路上，儿子始终没说一句话。见儿子不高兴，女人就想哄哄儿子。儿子爱吃火腿肠，女人就指着对面的超市，对儿子说，你在这儿等我，妈妈去给你买火腿肠。儿子说，好。女人站到了马路边。绿灯亮了，女人小跑着，很快过了马路。女人走进了超市。在进超市的时候，女人回头，看了一眼儿子。

可是，等女人走出超市的时候，却没有看见儿子。

女人疯了一般，四处喊着儿子的小名，寻找儿子。

女人找了一个多小时，还是没有儿子的影子，于是报了警。

两个小时之后，警察把儿子交到了女人手里。女人一把将儿子揽进怀里，抱头痛哭起来。

上楼、开门、关门，女人和儿子终于回了家。

儿子还在哭,脸上满是泪水和鼻涕。女人心里,像有一群蜂,不停地蜇着,很痛。

女人给儿子洗了脸,带着儿子坐到了沙发上。沙发是主人留下的,有些年头了,里面的弹簧有些硌屁股。儿子提了几次意见,女人总是说,再过几年,你就能坐新沙发了。女人的目标是,苦几年,买套小房型,简装一下,再买几样家具,像城里人一样过日子。

怕弹簧硌着了儿子,女人把儿子抱在了腿上。

你刚才上哪儿去了? 吓死妈妈了。女人说。这话,女人问儿子好几遍了,儿子没说。

这一次,儿子回答得很爽快。儿子说,那天,我和爸爸看到一双溜冰鞋,很好看,爸爸说要给我买,我想去看看卖了没有。

卖了没有呢? 女人问。

还没有。儿子说。

妈妈明天去给你买吧。女人说完,抬起头,目不转睛地看着对面的墙壁。

墙壁上,是一个男人。男人站在一个镜框里。

男人是一个建筑工人。前几天,男人从脚手架上摔下来,一个活生生的人,在那个瞬间,就永远地离开了女人和儿子。

男人脾气很好,总是面带微笑。

男人的微笑,挂上了墙壁。女人看着看着,也跟着笑了。

女人说,老公,放心吧,我一定把我们的儿子养大,让他在这儿有书读,有工作,有房住。女人说话的时候,还在流泪。

虽然流着泪,但女人的脸上,一直挂着微笑。那些微笑,和墙上男人的微笑一样,灿烂如花。

怀念一个人

　　这次高中同学聚会，是王大明组织的。大家都是四十来岁的人了，聚会上，叙了旧，喝了酒，说得最多的就是自己的子女了。子女成绩好，能考一个好大学，是我们一拨同学最大的心愿。但是，有一个人例外，他就是王大明。

　　王大明从皮包里拿出一张照片，说，还记得李老师吗？

　　我们说，当然记得。

　　照片在我们手里传递着。这是一张老照片，已经发黄了。

　　李老师是我们班主任，教我们数学。李老师长得精精瘦瘦的，嘴上蓄着一撮八字胡，貌似一个文人的样子。李老师长得不像一个数学老师，他的思维也不像一个数学老师。他常常会用一些古灵精怪的法子，把我们整得措手不及。

　　有一次，上数学课，李老师夹着一摞卷子进了教室。同时，他的一只手上，还拿着一个闹钟。

　　我们一激灵：李老师没说过考试呀！

　　果然，李老师把卷子、闹钟放在讲桌上，说，这节课，考试！

　　考就考呗，都是高三学生了，还怕考试？可是，一节课，时间不够啊。李老师不管这么多，自顾自地说，时间30分钟，到了就交卷。说完，李老

师发卷了,我们连名字都来不及写,拿到卷子就开始答题。

教室里特别安静,闹钟嘀嘀嗒嗒的声音,敲在每一个同学的心上。每敲一下,大家的心就一紧。

突然,闹钟的声音停了,大家不由自主地抬起了头。我们吃惊地发现,李老师嫌时间过得太慢,他竟然直接捻着背面的一个小旋钮。李老师面带微笑,那微笑,有些高深莫测。李老师见我们都吃惊地张大了嘴巴,大声音催促我们说,快做啊,时间过了 5 分钟了。我们还是不动。李老师的手指又捻了两下,再次说,现在,过了 8 分钟了,还有 22 分钟。我们回过神来,连忙手忙脚乱地行动了起来。

时间,在李老师的手指间快速地流走了。有的同学东一下,西一下,不知做哪个题好,结果一个题都没做出来,他们急得满头大汗也无济于事。还有的同学干脆不做了,他们嘀咕着,发着牢骚。李老师呢,不紧不慢地捻动手指,嘴里不停地报着时间,他的脸上,始终是微笑着。

时间到了,交卷的人寥寥无几。

李老师把几份卷子几下子全改了,报出了他们的分数,最高的人也不过得了三十多分。

闹哄哄的教室安静后,李老师开始说话了。李老师说,严格说来,这不叫考试,我只是想看看你们如何面对,如何处理罢了。明知不能为而为之,是为勇也。明知不能为而弃之,是为智也。所以,你们做得都对。我之所以安排了这堂考试,是因为我们有些同学坐进教室里,是被家长们逼的。其实,我们大家心中都有数,不管怎么逼,考进大学的希望都是渺茫的。做不到的事情,何不退后一步,看准自己的长处,去创造另一番天地呢?

李老师讲完,下课铃就响了。同学们谁也没出教室,大家都盯着卷子,思考着李老师的话。

第二天,王大明就卷起被子,回家去了。临走时,王大明找到李老师,说,李老师,听了你的话,我终于下定决心,说服了爸。我反正考不上,我要回去做自己喜欢的事了,我相信我会成功的。

第三天,第四天,又有同学陆陆续续地走了。40多个人的班一下子少了十几个,宽敞的教室显得空空荡荡的。

这事,校长知道后,李老师挨了不少的批。

现在,一晃二十来年过去了,王大明的生意越做越大,已经是一个拥有近千万资产的大老板了。

王大明成功了,他说他没忘记李老师,前些年,他去看过几次李老师。后来,李老师和老伴一起,就到了另一个城市,那儿,有他的儿子和女儿。王大明还说,前几天,给李老师打电话,请他参加我们的同学会。可是,接电话的不是李老师,是他的老伴。他的老伴说,李老师已经去世了。

听到李老师去世的消息,我们都沉默了。

我相信,对于我,对于我们全班同学来说,李老师是给我们影响最深的人。跟我走吧,让我们去祭奠他一下。王大明说完,带着我们走上了10楼。站在一间屋子前,王大明说,这是我上午找人办的。然后,我们鱼贯而入。

哀乐响了起来。

房内,正中墙壁上,挂着李老师的遗像。遗像前,摆着水果和鲜花。遗像两侧,各摆了一个花圈。王大明在前,我们在后。我们低头、弯腰,向李老师深深地鞠了一躬。

我们久久不愿离去,我们仿佛又回到了那一段难忘的青春岁月。

千年人参

刘老汉一家以挖药卖药为生。

以前,老伴从不让刘老汉进山。刘老汉的左脚有先天残疾,走起路来平衡性差,老伴不放心。刘老汉只得待在家里,做一些杂活。

这天,刘老汉早早地备了干粮,带上老伴留下的背篓、小锄,一个人进山了。

刘老汉记得,小时候的山树更密,林更深,路更窄。那时,刘老汉经常被小伙伴连背带扶弄进山,坐在高处,看他们疯闹,印象很深刻。现在,一切都变样儿了,有一些地方也从他的记忆中淡去了。刘老汉心里,有一种恍如隔世的感觉。

刘老汉弯下腰,不断轻揉左脚。他的左脚一到雨天,就痛。树林里,常年积累的阴气,像针一样刺入他的皮肤。刘老汉揉了一阵,再辨认了一下方向,抬脚就往里走。

突然,刘老汉听到身后有人喊他。他回头,见儿子刘山风一样追了上来。

刘山跑到刘老汉身边,气喘吁吁地说,爸,你咋一个人上山呢?里面有山猫,路又不好走,万一有个好歹,咋办?快回去吧。

刘老汉笑了。刘老汉说,唬谁呢?我都活几十年了,啥没见过?挖你的药去吧,我不会有事的。刘老汉说完,正要转身,刘山上前,抓住刘老汉的胳膊,往回拽。刘老汉猛地一挣,不顾一切地闪身钻进了林子。

刘山跺着脚,犹豫了一阵,又向前追去。可是,刘老汉已经没有踪影了。

刘山只得一路寻找,一路挖药。

傍晚,刘山回到家,没见到刘老汉,他知道父亲还没回来,心里就惴惴的,像悬着一块石头。刘山也想去找,可那么大的山,找也是白找。他提了一条凳子,就坐在门口,眼睛望着下山的路,一眨也不眨。

天黑透了,一个黑影,跌跌撞撞闯进了刘山的视野。

刘山快步迎了上去。

果然是刘老汉。

刘山将刘老汉扶进屋。灯光下,刘老汉脸上,全是荆棘挂出的血痕,一道深,一道浅,像犁铧翻过的旱田一般。刘山赶紧叫女人上药,可是,刘老汉却摆着手,满面春风地说,不急不急,你们看,这是什么?

刘老汉说完,他的手上,已经握着一个酷似人形的东西,上面长满了根须。

千年人参!刘山惊叫了一声。

一般的人参,村里有人挖到过,但长成人形的千年人参,村里根本没人见过。挖到千年人参,便成了所有挖药人的梦想。这个梦想,如今在刘老汉手中实现了。

听说,千年人参很值钱呢。刘山说,这一下,我们发财了。

儿子的话,刘老汉像没听到一般,他捧着人参,就着灯光,端详着。

你们看,她还在笑呢。刘老汉说。

你们说,她像谁?刘老汉又说。

不管像谁,我明天到镇上去,联系买主,争取卖个好价钱。刘山说,妈在世的时候,不是想挖个千年人参,卖了给你养老吗?

像你妈呢!刘老汉像是自言自语。

开玩笑,怎么会呢?刘山笑着说,你别胡思乱想了。

你说不是,那么多人去挖,挖了这么多年,咋就没人发现她呢?我第一次进山,就挖到了她,你说,这又是为什么?刘老汉说。

为什么?刘山反问。

我想,她应该是你妈变的,专等我呢。

即使是妈变的,妈也想你把这个人参卖了,养老啊。刘山说。

不卖!刘老汉摇头。

刘山不再说,他一边亲自给刘老汉的脸上药,一边让女人加了个荤菜,陪刘老汉喝了一杯酒。该睡觉了,刘老汉不放心,把人参握在手里,这才放心地上了床。

第二天,不知怎么回事,村里人竟然都知道刘老汉挖到千年人参的消息了。

看稀奇的人三五成群,不停地进了刘老汉的家。

刘老汉生怕被别人抢了似的,把人参握在手里,高高地举着,让去的人看一眼,然后就收了起来。都是挖药的人,是真是假,看一眼就心知肚明了。于是,有人就说,刘老汉,卖给我吧?我出 1000。

我出 2000。

我出 3000。

人群里人争先恐后地报价,价格像猴子上树一样,嗖嗖嗖地不断上升。

等价格报到 5000,人们安静下来后,刘老汉才说,不卖!

人们失望而归。

第三天,镇里药材铺的老板也跟着接二连三地来了。

那些老板们很精,他们不找刘老汉了,连刘老汉的家也不进。他们找到刘山,让刘山把人参的样子描述了一遍之后,就开始讲价。有一个老板,姓张,给到了 8000。张老板还说,只要刘山能把人参从刘老汉那里弄出来,他还另给刘山辛苦费 500。

刘山冥思苦想。

机会来了。这天是老伴儿的百日祭日,刘老汉很早就起来开始准备祭祀品。祭祀的时候,香点上了,纸烧上了,鞭炮一阵紧似一阵地响着。刘老汉泪眼婆娑地拿出人参,呢喃着一些谁也听不懂的话。

该吃午饭了,饭桌上,刘山不停地劝刘老汉喝酒。刘老汉心情不好,借酒浇愁,刘山倒多少他喝多少。一顿饭没吃完,他就醉了。

刘山把刘老汉扶上床,从他怀里轻轻拿走了人参。刘山转过身,飞也似的出了门。

半夜,刘老汉醒来,发现人参不见了,到处找,没找到。问刘山,刘山啥也不说,朝他身子一矮,跪了下去。

刘老汉明白,人参已经让儿子卖了。

刘老汉像丢了魂一般,摇摇晃晃去了老伴儿的坟头。

奇怪的哭声

这天早晨,刘导演漫步在山村的小路上。小路两边,稻田、山岭美不胜收,他一边饶有兴致地欣赏着,一边呼吸着山里的新鲜空气,感到了从未有过的惬意。

突然,一阵哭声传进了刘导演的耳鼓。

刘导演侧耳细听,哭声来自他身后的树林里。刘导演从小在山里长大,已经对这些哭声见惯不惊了。他正想离开,挪开的脚步却又不由自主地停下了。先前,那哭声是小孩的,哭得委屈,哭得伤心。这会儿,忽又换成大人的了,声音也由低到高,慢慢变成了号啕大哭,好像死了亲爹亲娘一般。刘导演正在奇怪,那些哭声又一次变了,开始是男人,然后换成了女人……这是怎么回事呢?刘导演决定去一看究竟。

刘导演走进树林,看到的,是一个不到 20 岁的年轻人。

看见刘导演,哭声戛然而止,年轻人胡乱地擦着眼泪,有些手足无措。

刘导演微笑着,走近年轻人,说,你叫什么名字?

李三娃。年轻人轻轻抬了抬头。刘导演趁他抬头的时候,看到了他的眼里,有一种浓浓的忧郁。

你就是那个从小就爱哭的李三娃?好啊,愿意跟着我,出去闯一闯吗?刘导演又说。

刘导演是村里的第一个大学生,读的是导演系,毕业后就干上了本行,现在已经是颇有名气的人了。在他拍的电视剧里,有很多哭的镜头,但那些演员总是哭得不到位,让他很恼火。刚才第一眼看到李三娃,他就想,这个人真不错,如果把他请进剧组,演不了戏,哪怕当一个配音演员,也是一大宝啊。这次回村,刘导演是看他父母的,他已经十来年没回来过了,不想,这一回来,却有了意外的收获。

好吧,我跟你走。李三娃没有犹豫。

听说刘导演看上了李三娃,整个村子都沸腾了。有的说,他李三娃,也会演戏?有的说,李三娃从小就哭,终于哭出明堂了。还有的说,李三娃从小就会演戏,是演戏的天才。说话的人,无一例外,带着嘲讽的味道。

李三娃 5 岁的时候,死了娘。他爸绰号叫李癫子,不怎么管他,他就东一顿西一顿地吃百家饭。有一天,李癫子把他牵到村东一棵树下,掏出一把糖,对他说,想吃糖吗?想。李三娃说。那好,你在这儿坐着,如果有人来了，你就大声地哭。说着，李癞子把两颗糖放进了他的手心。李癞子走了，走了几步，又折回来，说，我没出来，不准走啊，如果走了，回家打烂你的屁股。李三娃嘴里吃着糖，含糊不清地应了一声。

不远处，有一间土墙房，李癞子乐颠颠地走了进去。

没过多久，李三娃就看到一个人朝他走了过来，他连忙张开嘴巴，哭了，哭得声嘶力竭。过了一阵子，李癞子不知从哪儿冒了出来。可是，李三娃还在哭，李癞子说，不哭了。李三娃就不哭了，他揩着鼻涕，不停地说，糖，糖。李癞子就给了糖，牵着他，回家去了。

开初几次，人们没发现其中的秘密，只是说，这个李三娃，也没人打他，怎么就无缘无故地哭呢？后来，人们就觉得有些蹊跷，就多了一个心眼。

有天傍晚，几个人避开了李三娃的视线，终于把李癞子堵在了房里，同时堵在房里的，还有一个女人。领头的不是别人，是这家的男主人。

李癞子被打了个皮开肉绽。

李癞子躺在床上，长一声，短一声，不停地呻吟。李三娃守在床边，不停地哭，哭得很伤心。李癞子躺了两天两夜，李三娃哭了两天两夜。村里一个好心人看不过，帮着请了医生，这才救了李癞子的命。

这以后，李三娃就爱哭了。长大了些，他懂事了，就一个人到树林里去哭，变着花样儿哭。哭够了，他就回家。可是，回家看到拄着双拐的爸爸，又想哭。

后来，村里就有人请李三娃去哭丧了。李三娃不想去，但为了生计，他只得去。他去了，把孝男孝女，孝子孝孙该哭的内容全包了，忽而男声，忽而女声，忽高忽低，忽快忽慢，直哭得肝肠寸断。

李三娃的哭声，成了村里一道风景。

如今，不管村里人对李三娃有什么看法，但归根到底，那些话里，少不了羡慕。李三娃就在人们羡慕的目光中，跟着刘导演走了。

　　李癞子目送着李三娃，脸上，两行泪水无声地滑了下来。两根拐杖，支撑着他摇摇欲坠的身体。他的手里，是李三娃留下的300块钱。那些钱，已经被他捏成了一团。

　　临走时，李癞子曾说，好好干吧，实在干不下去了，再回来。李三娃说，出去了，肯定要好好干，即使干不下去，我也不回来。

　　可是，不到一个月时间，李三娃却违背了自己的誓言，回来了。

　　和李三娃一起回来的，还有刘导演。

　　刘导演说，这个李三娃，真是奇了怪了，村里哭得好好的，到了剧组，让他哭，他却哭不出来。有时，哭出来了，哭着哭着，竟然笑了，神经病一样。好了，我把他给你送回来了，我也该走了。李癞子听了，淡淡地说，回来也好，那麻烦你了，慢走啊，刘导演。

　　刘导演走了，但他的身后，又传来了李三娃的哭声。

　　那些哭声里，有喜悦，有悲伤，忽高忽低，忽快忽慢，像炊烟一样，飘荡在村子的上空。

挂在树上的银子

　　银子的爸爸经常给银子讲一个关于银子的故事。

　　银子的爸爸说，银子呀，生你那天晚上，我做了一个梦呢。最初听的时候，好奇，银子就问，是什么梦呢？银子长大了，这个故事听得多了，就不再问了。不管银子问不问,银子的爸爸都会继续说,我梦见一棵树,树上,挂满了一锭一锭的银子。那些银子,像人一样,还朝我不停地眨眼睛呢。讲到这里,银子的爸爸总会抚摸着银子的头,说,银子,这样看来,我们要发财了,希望就在你身上呢。

小的时候,银子像擂鼓一样,拍着瘦小的胸膛,说,等我长大了,一定把树上的银子给你摘下来,给你买汽车,买飞机。

银子大了,就说,银子嘛,不是啥大事。那口气,很牛。听了银子的话,银子的爸爸脸上,就浮现出一抹忧愁,说,你读书又不行,咋挣哦!银子不以为然,银子说,读书不行,就挣不到银子吗?打小,银子就像他爸一样,把钱不叫钱,叫银子。

银子初中毕业,没考上高中,在家跟着父母做了一年农活。可是,庄稼欺穷,不管他们怎么起早贪黑,种出的庄稼总是不如别人。一气之下,银子就到镇上一个建筑工地,干上了苦力活儿。

这天,太阳很大,人在地上走,像顶着一个火炉。

工地旁边,有一条河。河边,有一排柳树。柳树下,歇工的男人们,光着上身,或倚或躺。阳光,透过柳叶,洒在他们身上,斑驳陆离。

银子擦一把汗水,眯起眼睛,抬头看了看天,然后,再擦一把汗水,拖起沉重的双腿,又向那堆山一样的砖头走去。乡下修房,没有城市那样的建筑工程设备,砌楼要用的砖块、水泥全是人力背。背一块砖,两分钱。银子已经背了 800 块,他想再背 1000 块,这样下来,就能挣到 36 元了。

银子还没装好砖,工头就走了过来。

工头说,银子,你不要命了,中了暑怎么办?等太阳软了,再背吧。

银子说,你放心,不会的,万一中了暑,我也不会找你。

工头又劝了一阵,看劝不动银子,就由银子去了。

果然,银子背完第五趟的时候,身子一歪,就倒在砖堆上了。等工友们闻讯跑到他身边,他已经不省人事了。工友们又是掐人中,又是喂解

暑药,好一阵才把银子弄醒。

工友们把银子扶到了柳树下。工头来了,工头把银子大骂了一通。银子不吭声,可怜巴巴地看着工头。工头叹了口气,不再骂了。

银子中了一回暑,因祸得福。工头看他干活实在,又能吃苦,就安排银子专门点数,谁背了多少砖,背了多少水泥,只要一数,再记上账,就算完事了。这活儿,轻松。

一天傍晚,一帮工友找银子结账,银子揣上记账本到了工头的办公室。工头对着记账本,把力钱全算给了银子。工头给钱的时候,拉开抽屉,拿出一大摞红红的百元大钞,一张一张地足额点给了银子,剩下的,又放回了原处。银子第一次看到这么多的钱,有些手足无措,胸膛里,更像一个跑马场,一颗心,像一匹脱缰的马,在里面狂奔乱跳。

临走时,工头一边接电话,一边说,马上去付给他们,如果弄掉了,是要赔的。

银子连连点头,目送着工头马不停蹄地远去了。

晚上,银子怎么也睡不着,身子躺在工棚里,眼睛却从窗口一跃而出,站在夜空下,目不转睛地盯着工头的办公室。

睡不着,出去走走吧。银子就出去走走了,不知不觉,银子走到了工头的办公室门口。

工友们都知道,工头睡觉,鼾声如雷。

银子侧耳细听,屋里没有半点动静。工头呢? 银子猛然记起了,工头给钱时,接电话说要出去喝酒的,也许,现在还没回来吧。

工棚里,钳子、锤子、啥东西都有。银子蹑手蹑脚回到工棚,找来这几样,三下五除二,撬开了工头的门。接着,银子又撬开了抽屉,伸手抓出了那一摞钱。不巧的是,银子还没转身出门,就听到了楼梯上踏踏的脚步声。

工头回来了。银子连忙出逃,慌不择路,竟和工头撞了个满怀。

工头气愤不已。

银子被打了个半死。

银子被好心人送进了镇医院。

银子的爸爸听说后,赶到医院,看到银子的第一眼,就说,工头对你恁好,你怎么能这样呢?

银子不说话,银子的爸爸就开骂了,银子还是不说话。银子的爸爸骂够了,病房里安静下来了,银子才说,我也不想啊,可是,你知道我那天晚上,看到什么了吗?

看到什么了? 银子的爸爸问。

我看到,一棵树,开始很小,一眨眼,就长到他的窗子上了。树上,挂满了一锭一锭的银子,那银子像人一样,不停地向我眨眼睛呢。不知不觉地,我就管不住自己了。

银子的爸爸听了这话,咚的一声闷响,一屁股坐在地上,啥也说不出来。

杨 大 脚

扁担村有一个女人,叫杨大脚。她的脚很大,用村里人的话说,像蒲扇。这话说得过了些,有点夸张。

还没嫁给张五的时候,杨大脚因为脚大,不好找婆家。其实,杨大脚长得也不是很差,但别人一看她的脚,就吓着了,好像那双脚会吃人一样。有些已婚男人,却不怕,老想占她的便宜。有一次,杨大脚在后山砍柴,村里一个无赖见有机可乘,就悄悄摸到了她的身后,一把抱住了她。杨大脚挣扎着转过身子,猛地一推,飞起一脚,把那个无赖踹出了 3 米远。无赖躺在地上,边叫唤,边说,我没别的意思,主要还是想看看你的大脚。杨大脚提起脚,又要踹,无赖才住了口。

嫁给张五之后,杨大脚的踹功更是了得,别说张五,就是村里最横的二牛三兄弟也甘拜下风。

那天,杨大脚家的一块菜地被一群小猪糟蹋了。小猪是二牛家的。二牛排行第二,上面是大牛,下面是三牛。村里,谁都不敢惹他们。他们打起架来,像三头牯牛,不要命似的一拥而上。所以,即使大家受了点欺侮,也只能忍一忍,算了。可杨大脚不想再忍了,这已经是第三次了。前两次遭殃的,是她家的庄稼。

去,找他赔。杨大脚对张五说。

张五说,算了吧,多一事不如少一事。

不行,快去。杨大脚开始热身了。她扭动了几下大腿,作势欲踹的样子。

张五后退了两步,摆着手说,我去还不行吗?

张五去了。他走到二牛家,却不敢进门,一双脚像被谁使了定身法。张五想了想,转身往回走。可走到自家门前,也不敢进门,想了想,又转身,朝二牛家去了。如是反复,张五一连走了 3 个来回。最后,他只得把心一横,硬着头皮一步跨了进去。

二牛知道张五来干什么,他二话不说,一掌就把张五推到了门外。叭的一声,张五摔了个四脚朝天。地上,有一块小石子,正好硌在他的后脑勺上。随着一阵剧痛,张五一摸,满手是血。他再也顾不上讨公道了,翻将起来,跑回家去了。

杨大脚用一根布条,替张五简单包扎了一下,然后,拉上张五,站到了二牛的院子里。二牛三兄弟,从二牛家鱼贯而出。

杨大脚说,你家的猪,糟蹋了我的菜地,还打人?

二牛说,是猪,又不是我,找我干吗?

杨大脚说,你的意思是,我只能找小猪了?

二牛说,当然。二牛抄着手,不可一世的样子。

杨大脚的目光,往院里一扫,就看到了小猪。小猪在院子里疯跑着,寻食。杨大脚撒开大脚丫,几步追上去,捉住了一只小猪,狠狠地掼在了地上。

二牛急了,大牛和三牛也跟着急了。他们跑过去,把杨大脚围在中间,三只拳头不由分说落在了她的身上。杨大脚尖叫一声,提起脚,对准二牛的裤裆,踹了出去。接着,她又连叫两声,大脚如飞。可怜这三兄弟,平时嚣张惯了,没遇到过对手,如今被杨大脚的气势吓住了,动作一慢,被她全踹趴下了。二牛蜷在地上,苍白着脸,两手捂着裤裆,缩成一团。大牛和三牛爬起来,想扶他,但看到他的痛苦样儿,就停止了动作,连声问他怎么了。

二牛的脸,越来越不对劲儿了。

大牛和三牛,连忙抬了二牛,朝镇医院去了。

杨大脚揉了揉腿,笑了笑,带着张五,也朝医院去了。

二牛医了 10 天,用了 800 多元。

张五医了 10 天,用了 1000 多元。

二牛带着兄弟们,拿出票据,找张五赔钱。杨大脚接过手,说,好啊。说完,她也拿出票据,又说,我们都算算,算了再说。双方算完,杨大脚说,你还要倒补我 300 多块钱,拿来。二牛盯着一双移动的大脚,连连后退。边退,二牛边说,怎么会呢?

牛二不服,就找村干部解决。村干部调解的结果,是双方都不对,自

己的医药费自己负责。

这一架,杨大脚替村里人出了口恶气,大家见了她,都竖大拇指。她的那双大脚呢,也就更有名了。

张五却高兴不起来。他本来话就少,从医院回来后,成天像个闷葫芦,话更少了。

杨大脚说,该高兴哪,你怎么哭丧着脸,像死了亲娘老子一样。

张五叹了口气,说,你认为值吗? 1000 多块钱啊。

张五走进医院那天,医生给他的伤口消毒、包扎以后,他就想回家了,但杨大脚没让,杨大脚说,住院,二牛住多久你住多久。伤口好了,张五又想出院,杨大脚又说,不行,伤口好了,查查看,说不定那一摔,还摔出了其他毛病,趁这个机会,也一并治了吧。第十天,杨大脚看二牛熬不住了,心里那个高兴劲儿,就甭提了。

眼下,一看张五为 1000 块钱,心痛成这样,杨大脚就说,你呀,简直就是个猪头。

张五不吭声,偷偷地看杨大脚的脚。以前,杨大脚一骂他,就要踹他。这次,杨大脚坐在凳子上,没一点儿踹他的意思。

杨大脚说,原来你们一家,尽受别人欺侮,屁都不敢放一个,现在看看,哪个还敢! 这叫杀猴给鸡看,懂吗? 别说 1000 块钱,就是一万块,也千值万值。

张五想通了,就笑了,说,你这一说,还真是——值了。以后,有你这双大脚,我还怕什么呢?

杨大脚抚摸着她的大脚,脸上显出得意的神色。

一 只 土 碗

　　三哥有一只土碗,像宝贝一样珍藏着。可是,三嫂不喜欢它,说它黑不溜秋的,土不拉叽的,见了就心烦。有一次,三嫂趁三哥不在家,就悄悄打开三哥的衣箱,拿出来盛了猫食,扔给她家的一只猫。三哥回来,骂了三嫂一通,还强迫三嫂给他洗净了,擦干了,重新装了进去。三嫂委屈的泪花,把我的勇气给逼了出来。我说,三嫂,你怕啥?不就一只破碗吗?交给我,我哪天把它扔到南门河去。

　　三哥吼,你敢,看我不打断你的腿。

　　我就敢。我也吼。

　　我和三哥对视着,像两头牯牛。三哥一步跨到我面前,目露凶光。我的勇气,被那两道凶光一点一点蚕食了。我说,你是我哥,我不和你吼,不信,你就等着。我赶紧转身,走了。

　　三哥知道,我那是提虚劲儿,没放在心上。

　　但是,当三嫂再一次说到那只土碗的时候,我不知哪来的胆量,竟然悄悄钻进了三哥家里,打开了他的木箱,把碗偷了出来。然后,我拿着碗,飞跑着出了他家后门。刚出后门,我就想起了三哥说的话,停了停,又返了回去,把碗藏在了他的床下。

　　三哥到地里干活去了。不巧的是,他刚好在门口遇上了我。我装着没事一般，和他笑了笑，溜之大吉。三哥狐疑地看了我两眼，丢下锄头，快步进了里屋。不一会儿，他就追上我，一把拿了我的衣领，把我拖到了木箱前。说，我的碗到哪儿去了？三哥睁一对牛眼，盯着我。我说，我哪里知道，你不是放在箱子里的吗？是的，现在不见了，肯定是你搞的鬼，三哥说，快说，在哪儿？我不回答他，使劲掰着他的手，躲闪着他的目光。不知不觉，我的眼光就落到了旁边的床下。三哥什么都明白了，他扔下我，开了灯，趴在地上，朝床下瞅。那只土碗，还是让他找到了。

其实，那只粗糙的土碗，也没什么特别之处。

去年初，三哥辞别三嫂，一趟火车坐到了广州，进了一家玩具厂，每月1000多。年底，快过年了，三哥归心似箭，但厂里活儿多，三哥走不了。直到腊月二十八，三哥才得以脱身。但是，一到火车站，不但没当天的票，后面几天的票都没了。三哥只得坐汽车，虽然转站较多，麻烦，但三哥不介意，只要能回到家，就成。

不幸的是，在途中，三哥的钱被小偷扒了。

三哥傻眼了，身无分文，怎么回家？三哥太想三嫂了，什么都不顾了，他就边走边问，朝着家的方向不停地前行。渴了，就掬一捧山泉或是路边的沟水；饿了，就摘几个野果或是向农户乞讨；困了，就歇在一棵树下或是宿一夜屋檐。

有一天，三哥来到一个集镇，向一个面店老板讨吃的。老板正在煮面条，以为三哥是叫花子，一连声说，走走走！像赶苍蝇一样。三哥实在饿得不行了，就站着，不走。老板见三哥不走，就笑了。然后，老板说，想吃是吧？三哥无力地点了点头。老板就用一双长筷子，在热气升腾的大锅里捞了一柱面条，准确地甩进了三哥摊开的手心。顿时，三哥像踩上了烙铁，在原里不停地跳着。但他的手，却牢牢地捧着面条，舍不得松开。老板笑的声音大了些，假惺惺地问，怎么了？下次，找只碗吧。三哥说了谢谢，转身走了。还没走上两步，手里的面条，已然被他全吞进了肚里。

是该有只碗了。三哥想。

第二天，三哥走到一家农户门前，对主人说，行行好吧。主人是个中年女人，女人的脸上有了些皱纹，皱纹里盛满了笑意和慈善。女人说，你等等。三哥就等，等了一会儿，女人出来了。她手里端着一个土碗，碗里装了米饭和小菜。这是三哥一路上吃得最好的一顿。三哥边吃，边想心事。三哥想起了在家的日子，想起了三嫂，不知不觉哭了。眼泪，掉进碗里，三哥和着米饭，全吃了。

三哥吃完饭，犹豫着将碗递给女人。女人没接，女人说，送给你吧，有个碗，方便些。三哥一连说了三声谢谢，带着碗又上路了。

3个月后，三哥终于回家了。那只碗，也跟着三哥一起回了家。

找到土碗，三哥对着三嫂，对着我，又说起了他的这段经历，不管是对面店老板，还是对中年女人，一如既往地充满了深深的感激。

知道你的意思，没有他们，你早饿死了，是吧？我们以后不再动那碗，行了吧？三嫂最后说。听三嫂的语气，有些言不由衷。

三嫂对我很好，我得帮一把她。我又打起了那只土碗的主意。

一个赶集的日子，三哥去了集市。

估摸着三哥回来还早，我找到三嫂，对她说，一只破碗，三哥当命一样，就让他保存着吧。

三嫂眉毛一竖，说，我也经常这样想，但是，村里人现在都笑话我们哩，说他出去打工，啥都没挣着，就弄了一只破碗回来，还宝贝一样。再这样下去，总有一天我会把它摔烂的。

你真这样想？我说。

当然是真的。三嫂说。

我有办法。我说着话，走向三嫂。几句悄悄话，听得三嫂直点头。

天擦黑，三哥才回来。三哥一回来，三嫂就对三哥说，你那只土碗，我送人了。

送给谁了？三哥一听，从凳子上一跃而起。

送给一个叫花子了。三嫂不紧不慢地说，我看她太可怜了，比你回来时更惨。我用碗装了饭，她吃了，把碗递给我，我想起你当初一路要饭的情景，心一软，就送给她了。

三哥沉默了片刻，说，应该送，不怪你，如果是我，我也会送的。

从此，我发现，三哥没有了土碗，比原来过得更开心了。可是，三哥哪里知道，那只土碗，早被我扔进了南门河。不过，我不能说，打死也不能说。

我相信，三嫂也不会说的，我那是帮她呀，她怎么会出卖我呢？

贵 妃 枣

蟠龙村山南山北全是一人高的枣树，有上千亩。

每到枣子成熟的季节，全村男女老少都背了枣，成群结队地往镇上去、县城去。枣子多了，不好卖，不值钱。看着堆成山样的枣，都愁。有时，狠下心来白送，还没人要。人们被枣子折腾怕了，很想拿把刀，将枣树砍了，种粮。但真要动手，却舍不得。

这一年，县里开发旅游资源，并把蟠龙村定为了新农村建设示范村。县里出钱，修了水泥路，修了景点，还把蟠龙村的枣，改了名，叫贵妃枣。这名一改,大报小报再一宣传,贵妃枣就像杨贵妃这名字一样,迅速走红了。

冲着贵妃枣,各种大车小车,开进山来了。

上千亩的枣园里,洋溢着欢声笑语。

可是,王嫂却很平静,平静得像一潭死水,没有半点涟漪。她静静地摘了枣子,静静地背到了公路边。公路边,停着一辆大卡车,过秤的、装车的、付钱的,一群人忙得不亦乐乎。

人们忙完了,散了,王嫂才对一个拿秤的瘦子说,卖枣。

瘦子低了身子,一只手在枣里拨拉了几下,问,是贵妃枣吗?

王嫂说,不是。

我是说嘛,你这枣咋小些呢。瘦子说,你走吧,我们只要贵妃枣。

这时,村主任走过来,说,王嫂,你说啥呢? 都是这林子出的,咋不是贵妃枣呢? 村主任指着一山的枣树,表情很严肃。

可是……王嫂吞吞吐吐想说什么。

没有可是。村主任把王嫂拉到一边,耐心地说,我们村,有个娘娘庵,是吧?

是。王嫂抬头,看了看山腰的娘娘庵,说。娘娘庵被绿树掩映,新修不久,显得很气派。王嫂去烧过一次香。

唐朝有个皇帝叫唐玄宗,知道吧?

听说过。

还有个女人,叫杨贵妃,知道吧?

也听说过。

唐玄宗为避安史之乱,把杨贵妃藏到了娘娘庵,带发修行,知道吧?

王嫂睁大眼睛,不知怎么回答。村主任不急,慢慢等着。可王嫂急了,她抓头挠耳,在脑袋里搜索着与此有关的答案。突然,她灵光一闪,记起来了,村主任在一次村民大会上讲过这事。

于是,王嫂说,你说过。

还算有记性嘛。村主任继续说，杨贵妃来这里，带来了贡枣，我们这片枣园，是她吃贡枣时吐出的核落地生长而成的，知道吧？

你也说过。王嫂说，可是，这些都是真的吗？

是传说，传说懂不懂，管它是真是假，你把它当作真的就行了。村主任有些不耐烦了。

可是，万一是假的呢？如果是假的，怎么能叫贵妃枣呢？这不是骗人吗？王嫂说。

你这人，怎么这样啰唆。别管这么多，只要能卖个好价钱，就行了。村主任挥着手，说，去吧，记住，是贵妃枣。

王嫂磨磨蹭蹭来到瘦子面前，嗫嚅着说，这是……她这是了半天，就是吐不出贵妃枣三个字。

是什么呀？瘦子说，走吧走吧，你这枣，我们不要。

王嫂竟听话地背起枣，回家去了。

第二天，全村只有王嫂背着枣，像往年一样，去镇里零卖。那价钱，比贵妃枣低了一大截。

全村人都笑王嫂，说她傻，说她不是一般的傻，傻得有水平。

王嫂的丈夫死两年了，她有一个儿子在镇上读初二，住校。周末回家，听说了这事儿，气得摔了凳子摔盆子，把一屋子家什摔得热火朝天。小小年纪，不知他是哪儿来的力气。

气生过了，儿子也不去上学了。剩下的枣子，他只让王嫂摘，不让王嫂卖。王嫂摘满一背篓，他就背到公路边，卖给收枣的人。儿子卖枣，像村里所有人一样，大大咧咧的，边数钱，边吹嘘，说贵妃枣如何如何，把收枣的人听得喜笑颜开。

王嫂家的枣子，断断续续卖了一周。

卖完枣，儿子就上学去了。王嫂一个人在家里，有事没事，就翻出一个小布包，一层一层打开，盯着一摞厚厚的钱，叹气。

叹完气,王嫂就不断地问自己,他们说的,都是真的吗?这真的是贵妃枣?王嫂越问越糊涂。越糊涂,王嫂就越想弄明白。

后来,王嫂就握了两个枣,见人就摊开手心,问,这真的是贵妃枣吗?别人只是看一眼,不屑回答。有的人连看也不看,骂一句疯子,自顾自走远了。

看着远去的背影,王嫂收回目光,翻来覆去地看着手心的枣,咕噜一些话,含糊不清。

两颗枣,在阳光中,血一样红。

红叶摇曳

第三辑

红叶摇曳

门外,笃——笃——笃的声音由远而近,响得艰难而沉闷。

红叶老师知道,又是刘岩来了。

刘岩是刘小丫的爸爸。刘小丫是红叶老师班上的学生。刘岩独腿,另一条腿在修公路时让巨石砸断了。第一次来,刘岩提了一袋米,他家本就穷,妻子身体又不好,老是病歪歪的,红叶老师实在不忍心收他的东西。不收,刘岩拄着木拐,站着,不说话,看着红叶老师,可怜巴巴的。收了,给钱,刘岩也不要,还说,都是自家产的,给什么钱呢? 给钱是打我脸啊。于是,红叶老师只得作罢。后来,刘岩三天两头就来一次,要么提一窝菜,要么提一块腊肉,害得红叶老师总觉得欠他太多的人情,不敢见他了。

这会儿,红叶老师刚吃了晚饭,正在洗碗,她连忙擦了手,硬着头皮迎了出去。

刘岩满头大汗。刘岩手里,提着一条鱼,一条活蹦乱跳的鱼。

今儿下午,听说盘龙村的张老四起鱼塘,我去给你弄了条鱼。活的,养着明天吃。刘岩顾不上擦把汗,一个劲地嘿嘿笑。到盘龙村,一个来回20多里,红叶老师愣愣地站着,感动得不知说什么好。

远处,刘小丫跑来了。

刘小丫身子瘦小,跑起来像一片树叶,一飘一飘的,一点也不像五年级学生。刘小丫学习很用功,成绩很好,嘴巴又甜,深得红叶老师喜欢。

看一眼刘小丫,看一眼刘岩,红叶老师说话了。她说,这鱼,提回去,给刘小丫吃吧。以后你别再这样了,你放心,我会尽最大努力教好她,不会让你们失望的。

刘小丫跑过来,刘岩抚摸着女儿的头,说,快谢谢红叶老师。于是,父女俩一起说,谢谢红叶老师!

刘小丫是来找刘岩回家吃饭的,临走时,刘岩执意要留下鱼,红叶老师不让,他就把鱼给了刘小丫。刘小丫一溜小跑,进屋,顺手拿起一个盆子,盛了水,把鱼放了进去。然后,刘小丫转身跑出来,扶了刘岩,急急地回家了。

屋里的米呀、菜呀堆成了小山,红叶老师无奈地摇摇头,赶紧换了一身衣服,关门。门刚合拢,她又推开,走进去,提上鱼,出门逛山去了。她知道,刘岩走了,后面的人会一拨一拨跟着来,再不走,就走不掉了。每个黄昏,红叶老师就是这样,穿一身红衣服,哼着歌儿,走在山间小路上,给山里的夜色,染上一层暗红。

红叶老师爱穿红衣服,一年四季,或淡红,或深红。颜色的深浅,随着季节的不同,而不停地变换。在人们眼里,那些红色,就像一种点缀,把她衬托得青春、活泼、靓丽。

红叶老师来这个叫石岩村的地方支教已经一年多了。村子偏僻,离镇子远,没人愿意来。石岩村像一个脸盆,四周连绵的山是盆沿,整个村子落在盆底。学校,就被密密麻麻的民房团在盆底的中央。春天,山花盛开;秋天,红叶摇曳。起初,村里人好奇,问她,红叶老师,那么多大城市你不去,怎么偏偏到我们这儿来呢?红叶老师笑而不答,问得急了,才说,我喜欢这儿啊。大家信了,就说,喜欢就好,难为你了。有啥事,说一声,这儿就是你的家。

是啊,这儿就是我的家。红叶老师心里涌起一阵一阵的温暖。她提着鱼,又想起了刘岩,想起了刘小丫,想起了王婆婆,想起了李婶。

没走多远,红叶老师就停在了一间破烂不堪的木屋前。这间木屋,屋前屋后堆满了柴火,它就是刘岩的家。屋里,刘岩一家三口,边吃饭,边说话,声音不高,但红叶老师却听得十分真切。

这些天没钱,你买鱼是哪儿来的钱呀?女人问。

我买鱼,还用钱?刘岩得意地说。

你本事大嘛。女人说。

不是本事大,是我给张老四打了半天工。刘岩说。

打什么工?女人说。

挖地呗,挖一块地换一条鱼。刘岩说。

爸,下次你别去挖了,要挖,喊我去。刘小丫说。

听到这儿,红叶老师的眼睛潮湿了。她连忙把手里的鱼轻轻挂在门扣上,轻轻走了。

走了一段山路,又走了一段山路,天黑透了,村里星星点点的灯光,把红叶老师唤了回去。

这天傍晚,红叶老师照例出去逛山。

山上的红叶渐渐多了,红叶老师精心挑了二十几片,摘了下来。她要送给刘小丫,送给班上的所有学生。昨天,刘小丫还说,要送红叶给她做书签哩。明天我先送给她们,给她们一个惊喜。想到这儿,红叶老师不知不觉笑了。

看看天色,差不多了,该回去了。经过刘岩家木屋时,红叶老师看见一团火光蹿了起来。接着,她听到了刘岩一家三口惊慌失措的喊叫声。

转眼间,火苗就蹿上了屋檐。

红叶老师看见,刘岩抱着女人,逃了出来。刘岩身后,火苗像蛇一样追着他。他一出门,大火就把门封住了。屋里,刘小丫的哭声,撕心裂肺。

红叶老师来不及多想,她像一团火焰,冲了进去。

村里人来了，救出了红叶老师和刘小丫。红叶老师怀里的刘小丫，裹着一床湿漉漉的棉被，安然无恙，她自己却被烧得面目全非。

红叶老师被村民送到了镇医院。后来，又转进了县医院。

5天后，刘岩和女儿来到了县医院，他们是来看红叶老师的，但是，没找到。医生说，她被人接走了，说是要转院。问转到哪儿了，医生说不知道。问是谁接走的，医生说是一个男人，不认识。刘小丫一只手在裤兜里摩挲着，当时就哭了。她的裤兜里，装着满满的红叶。

从此，红叶老师没再回过石岩村。

可是，刘岩他们一家三口，和红叶老师一样，一年四季穿都上了红衣服。

每到深秋，刘岩家整修后的木屋，前后左右，都挂满了一串一串的红叶。风一吹，就沙沙地，极温柔地响。家里遭了变故，刘小丫辍了学。刘小丫常常坐在屋檐下，面对那一串串的红，一片片的红，出神地看，出神地听。

村里人问，刘小丫，你在干吗呢？

刘小丫就说，我在听红叶老师讲课哩。

爱打扮的女生

下午课，李梅第一次迟到了。其实，迟到一次也没什么，很正常。不正常的是，一向朴素的李梅，竟然修眉了，烫发了。

李梅站在教室门口喊报告的时候,声音很低,班主任张老师正在上课。张老师发现李梅,停了课,拿目光瞅她,像不认识似的。课讲得好好的,突地停了,几十双眼睛就跟着张老师齐刷刷移到了门口。看到李梅的那一瞬间,所有人都僵着身子,张大了嘴巴,说不出话,像孙悟空使了定身法。

李梅的眉毛,整齐了,好看了,像蜻蜓玲珑的尾巴。李梅的头发,流到肩上,涌动着微微的波纹;一绺浅浅的刘海,像夕阳下的水面,泛出一丝一丝的金黄。原本不太出众的李梅,突然之间显得成熟了,漂亮了。

慢慢地,张老师的脸上堆起了乌云。张老师干咳了一声,想说什么,但他没说,他只是象征性地点了一下头,让李静进了教室。

继续上课,学生闹嚷开了,张老师上得很吃力。幸好,没多久下课铃就响了,李梅立即被张老师领进了办公室。

你是住校生,在学校吃饭,还迟到? 张老师说。

校纪班规你也知道,你看你自己,还像一个学生吗? 张老师指着李梅的眉和头发,又说。

现在都高二了,你还有心思做这些事,我看你是不想升学了! 张老师的火气渐渐大了,声音也高了。

张老师问一句,看着李梅,要她回答。李梅低着头,不作声。张老师又接着问,再要李梅回答,李梅还是一声不吭。张老师只得唱独角戏了。张老师一番苦口婆心,把李梅教育得泪水长流。

你这个样子,明天,我不希望再看到,该怎么做,你自己知道。张老师喝了一口茶,见李梅不表态,又说了一遍。

第二天,李梅还是老样子,张老师不急,他相信李梅会听话的。李梅一向听话。李梅是学习委员,又是班上的尖子生,是老师们的重点培养对象,她不会拿自己的前途开玩笑。可是,几天之后,张老师就发现自己错了。

这天，张老师看见李梅不但穿着讲究了，还开始化妆了。

李梅的衣服，好像是一夜之间多起来的，时尚起来的，几乎一天换一套。李梅化的是淡妆，淡淡的口红，淡淡的胭脂，淡淡的眼影。这些，把李梅点缀得更加成熟，更加漂亮了。一到下课，一些外班的学生追着李梅看。李梅成了全校的风云人物，知名度骤然上升。

这还了得！张老师接二连三找李梅，不知疲倦地晓之以理，动之以情，甚至几次软硬兼施，可李梅呢，啥也不说，只是一个劲儿地哭。张老师没辙了，只得把李梅交给政教处，请学校帮着教育。进了政教处，李梅还是不说话，还是哭。李梅越来越瘦弱了，一哭，身子像风中的一片树叶，不停地颤动。哭过之后，李梅的形象却没有丝毫的改变。

怎么办？处分吧，处分了影响学生高考，进而影响学校的升学率，也影响到对班级教学成绩的评定，如果是一个差生，这些都好说，关键在于李梅是优生。张老师和政教处犯难了，沟通了几次，最后达成了共识：睁一只眼闭一只眼。

学校的放任，李梅变本加厉了。她总是想着法子，弄出一些新招，扯人的眼球。

有一天，人们发现，校园内多了一把移动的花伞。伞下，是李梅。

天下雨了，或是太阳大了，撑一把伞，没什么奇怪的。奇怪的是，不管天晴落雨，李梅进校撑一把伞，回家撑一把伞，连往返于教室和寝室也要撑一把伞。伞，像影子一样，跟上了李梅。

如果是阴天，有同学就问李梅，这没雨没太阳的，你撑伞干吗？

保养皮肤啊，阴天也有紫外线，你不懂。李梅说。

同学就笑笑，不再说什么，看着一把伞，像一朵蘑菇一样渐渐远去。

一晃，进入高三了。

有天傍晚，李梅撑一把伞，去上晚自习。走着走着，李梅一个趔趄，摇摇晃晃倒在了地上。等同学发现她,她已经不省人事了。

张老师闻讯赶来,和几个学生一起七手八脚把李梅送进了医院。

检查结果出来了,没什么大碍,只是营养严重不足,贫血,需要慢慢调养。

张老师叫来两个本地学生,背着李梅,布置任务说,现在是高考冲刺的紧要关头,李梅又要人照顾,明天上午,你们得想法把她家长找来。

学生说,她家住哪里?

我也不知道,前几次家访,我都没找到。这个嘛,你们自己想法。张老师摇头。

学生的法子就是多,第二天上午,他们就把一个女人带到了张老师面前。

你是?张老师狐疑。

我是李梅的妈妈。女人边说,边抹泪。女人穿一身破烂的衣服,脚上套一双胶鞋,大拇指都钻出来了。女人头发灰白,一脸沧桑,看起来很老。

张老师给女人端了一把椅子,等女人落了座,才说,我来找过你几次,没找到。接着,张老师把李梅的病情和在校的表现情况,一五一十全告诉了女人。

张老师,李梅这孩子给你添麻烦了。自从他爸和我离婚后,她就变了,爱打扮了。孩子没了爸,我不想委屈她,想方设法满足她。不想,她竟成了这样子。女人哽咽着。

李梅虽然爱打扮,但她的成绩还是不错的,升学应该没问题,我们一起去看看她吧。张老师领着女人出了办公室。

走进医院,走进李梅的病房,李梅却不见了。

张老师在李梅的床上,找到了一张纸条,纸条上写着——

我爸和妈离婚了,原因竟是我妈不漂亮,所以,我要变成一个漂亮女孩,让天下的男人瞩目。家里穷,我变着花样要钱,钱不够,我就节约生活费。现在,我知道你会想方设法找到我的妈妈,可我无脸见她,我走了,请张老师转告她,我对不起她。还有,我辜负了你们的希望,对不起。请相信,总有一天,我会回来看你们的。

张老师茫然地站着,五指慢慢收拢,握成了拳头。一张纸条,在他手里痛得不停地叫,慢慢缩成了一团。

大 牙

张超掉了一颗牙,一颗大牙。

那年,张超读高中,镇上有一家网吧,张超迷上了网络游戏,成天不上课,泡在网吧里。老师拿他没法,就让人带信,把他父亲请到了学校。父亲一听张超的表现,气得不行,就去网吧将张超揪出来,一顿暴打。父亲的拳头像石头一样坚硬,打得张超满地打滚。其中一拳,砸在了张超的腮帮上,张超的一颗大牙就掉了。张超猛地站起来,叭的一声,一口血水吐在手心,一把将大牙紧紧握着,目露凶光,盯着父亲。看着张超满嘴的血,父亲心软了。父亲说,你这书没读头了,跟我回家。回家就回家。张超吼了一声,甩下父亲,就回家了。

从此,张超恨上了父亲,从不主动和父亲说一句话。张超把那颗大牙用一片布巾包了,放在箱底。没事的时候,他就取出来,慢慢打开,摊在手心,看一阵子。每看一回,张超的恨意就深一层。

这天，突降暴雨，天气很凉爽。吃午饭的时候，父亲拿出一瓶酒，说，喝两杯吧。父亲是对张超说的，张超不说喝，也不说不喝。父亲已经习惯了张超的沉默，也知道张超没意见了，就转身取了两个杯子。父亲喜欢喝酒，自从张超辍学那天起，就喜欢上了，只是天气热，才喝得少。张超跟着父亲，也学会了喝酒，更多的时候，是父子俩你一杯，我一杯，不停地喝，都不说话。

张超帮母亲把菜端上桌，父亲已经倒上了酒。父亲端起酒杯，看一眼张超，说，喝。张超端起酒，头一仰就倒进了嘴里。

慢慢喝。母亲劝张超，然后看一眼父亲，父亲说，喝醉了，正好睡觉。

于是，父子俩就喝上了。

没多大工夫，一瓶酒就见了底。

父亲醉了。父亲摇摇晃晃走进里屋，一头倒在床上。睡到半夜，张超突然被父亲叫醒了，父亲喷着酒气，说，你到外面去，我睡这儿吧。张超看了一眼父亲，犹豫了一阵，不情愿地到了外面。外面是一张凉床，张超光着身子睡下去，一股冰凉的冷意倏地传遍了全身。张超睡不着了，他听着外面哗哗的雨声，父亲隐隐约约的鼾声，又想起了他那颗大牙，被父亲一拳打掉的大牙。

不知过了多久，张超迷迷糊糊听到"轰隆"一声巨响。他一骨碌翻起来，接着就听到了母亲的哭喊声。张超跑进里屋，发现他刚才睡的床上，多了一块大石头，风和雨，从瓦房上的窟窿里灌进来，势不可当。母亲站在另一面，推着石头，喊着父亲。父亲痛苦地呻吟着。

快帮忙啊！母亲喊。

张超回过神，马上跑过去，帮母亲。费了九牛二虎之力，石头推开了，父亲被救到了凉床上。父亲的双腿血肉模糊。母亲找了人，连夜把父亲送到了镇医院。

镇医院条件有限，他们进行了简单的救护，又把父亲送进了县医院。

父亲从手术室推出来时,已是第二天中午。

父亲昏睡着。张超和母亲守在床边。

你爸说过,我们的房子在悬崖下面,很危险,他早就想搬走了,但没钱。前些年,要供你读书,这两年存了些,还不够,哪知他……母亲说不下去了。

昨儿晚上,他把你叫到了外面,自己怎么就那么糊涂呢? 母亲停了停,又说。

可能是酒喝多了。张超想说,但他没说。他在想,如果不是父亲,那么躺在病床上的,就应该是他了。

是父亲救了我。张超喃喃地说。

一直到傍晚,父亲才醒过来。

父亲看着娘俩,说,你们,没事吧?

娘俩摇头。父亲就笑了。

父亲指指张超,又指指身边的床沿。等张超坐到身边,父亲又说,我知道,你恨我,恨我打掉了你的大牙,其实,我当父亲的,心里也苦啊。儿子不成才,还和父亲成了仇人,你说,这日子,还算日子吗? 你也不小了,我想你应该理解的。

别说了,好好养伤吧。张超像突然长大了似的,握住了父亲的手。

一个月后,父亲出院了。父亲没了双腿,是被张超背回家的。父亲不让,父亲说,你不能这样累自己,还是坐车吧。张超不肯。家里的余钱用光了,还借了一屁股债,现在张超身上的钱已经不够车费了。这些,张超藏在心里,没说。他活动了几下身子骨,夸张地说,凭我的力气,怎么会累? 你信不信,我不歇气就把你背进屋。吹吧,你小子。父亲在自己爽朗的笑声中,躺到了张超的背上。

回到家,张超就打开箱子,拿出那个裹着的布团,把它扔进了炉灶里。

父亲问,你烧的什么?

张超没说是大牙，他看着父亲，只是笑。

张超没说，父亲也知道，布团里包着一颗大牙。

土里长出的爸爸

清明节，梅子领着儿子小佳给丈夫上坟。

丈夫生前是当兵的，有一次执行任务，为了营救战友小江，牺牲了。出发前，丈夫曾打电话回来说，等任务完成了，就回家探亲。小佳听说能见到爸爸了，蹦蹦跳跳的，像一只猴，兴奋得一晚上没睡好觉。小佳6岁了，还没见过爸爸。其实，小佳见过两次，只是他那时还小，记不住人。可是，现在小佳永远见不到爸爸了。

小佳长得傻乎乎的，经常说一些很儿童的话。

有一次，小佳的一颗门牙松了，然后吃了一顿饭，就掉了。小佳一边吐着嘴里的血水，一边哭着往外跑。梅子吓了一跳，连忙追出去。小佳不理梅子，自顾自蹲在一棵果树下，用手挖了一个坑，把牙齿放进坑里，再慢慢填了土。做完这些，小佳才仰起头，问，妈妈，你说过，把牙齿种在土里，新牙就会长出来，是吗？梅子忍住笑，反问，你说呢？小佳想了想，肯定地说，会的，不然成了缺牙，爸爸就不喜欢了。小佳说得对，小佳聪明。梅子说。这时，几个过路人停下来，逗小佳，小佳，牙齿种在土里，能长出新牙，人种下去，也会长出来吗？小佳不假思索地说，当然会。几个人哈哈大笑，那笑里分明多了一种戏谑。梅子脸上一阵红，一阵青，急忙牵着小佳的手，回了家。

想起这些，梅子的泪又下来了。

上完坟，小佳一边给梅子擦泪水，一边说，妈妈不哭，爸爸种在土里了，会长出来的。真的，我的牙齿就长出来了，爸爸也会长出来的。小佳满怀信心，一点也不悲伤。

农村孩子一般不进幼儿园，小佳也是。梅子不但忙活，还教小佳识字。梅子教的就两个字：爸爸。梅子教的时候，小佳就捧着爸爸的照片，跟着念。

这天晚上，梅子坐在床沿，小佳抱着爸爸的照片，坐在床上。梅子又开始教小佳识字了，教的还是那两个字：爸爸。没教几遍，就有邻居来人敲门，说是有人打电话来了，要找梅子。梅子想，以前，是丈夫打来的，现在还有谁呢？梅子小跑着出去了，小佳也跟着跑了出去。

电话是小江打来的。

梅子见过小江，丈夫牺牲后，梅子带着小佳去了一趟部队。那些天，梅子上哪儿，小江就抱着小佳，跟到哪儿。小佳无数次看过爸爸的相片，但记不住爸爸的模样，到了部队，只要一见穿军装的人，就叫爸爸，把梅子叫得脸热心跳的。小江呢？什么都不让梅子做，把娘俩照顾得无微不至。临走那天，小江还请了假，捧着丈夫的骨灰盒把一家三口送回了家。帮梅子料理完丈夫的后事，小江就走了。走的时候，小江说，把电话给我。梅子说，没有电话。小江说，你们邻居的也行。梅子犹豫了一下，就说了一串数字。小江重复了一遍，又说，我还会来的。

小江真的要来了。电话里，小江说，他马上要转业了，明天就出发，来梅子家。小江的话说得很快，不容梅子插嘴，再说，梅子也不知说什么好。梅子听了最后一句话，整个人就软软地瘫在了话机旁的凳子上。那句话是,来了,我就不打算走了,我要照顾你和小佳。不等梅子表态,小江就挂机了。

梅子拿不定主意,心里很乱。

梅子的心一乱,就胡思乱想,一会儿是丈夫,一会儿是小江,人变得恍惚起来。一连三天,梅子都稳定不了心神。

第四天傍晚,梅子从呆坐的凳子上站起来,该给小佳做饭了。梅子四下看了看,没看见小佳。她连忙四处寻找,找遍了全村也不见小佳的人影。天边的晚霞,映红了半个天空。晚霞里,梅子喊小佳的声音带着一些嘶哑。

不知怎么的,梅子不由自主地走到了丈夫的坟前。

梅子发现,小佳躺在丈夫的坟上,睡着了。

梅子一步跨上去,蹲下身子,将小佳抱在了怀里。

小佳醒了。

小佳说,我想爸爸,来看看,爸爸长出来没有?

梅子把小佳抱得更紧了,眼泪一涌而出。

突然,小佳挣脱了梅子的怀抱,嘴里叫着爸爸,向梅子的身后跑去。梅子吃惊地回头,梅子看见,小江穿一身军装,笔直地站在晚霞里。

小江哈哈大笑着,一把抱起小佳,将小佳举过了头顶。

梅子,走,回家。小江大声喊。

小佳骑在小江的肩上,欢呼着,爸爸长出来了啰! 梅子默默地跟在小江身后,慢慢地,慢慢地,梅子就笑了。

梅子笑得和晚霞一样灿烂。

借　刀

　　大树回到工棚，没脱鞋，对着他爸曾经睡过的地铺，一头倒了下去。工棚低矮，被太阳烤了一天，热。没过多久，大树就满头大汗了。

　　外面的天，已经黑透了。晚饭后外出晃悠的工人们，赤裸着上身，大呼小叫地依次钻进了工棚。有人拉亮了灯，灯光昏黄，无精打采的，像瞌睡人的眼。

　　回来了？狗子看见了大树，问他，吃饭没有？

　　大树没吭声。

　　狗子把一只脚提起来，对准角落踢了踢空气，鞋子就弹出去了，接着依样画葫芦，另一只鞋也跟着弹了出去。狗子跨进大树的地铺，坐下，边拉大树，边说，还是没等到？

　　大树不情愿地坐起来，说，等到了。

　　听大树说等到了，其他人围到他身边，七嘴八舌地问，拿到钱没有？

　　我求他，还给他下跪了，他就一句话，没有钱。大树的牙齿咬得咯咯响。

　　这个王老板，简直不是人。狗子骂。

　　废了他，捞点本钱回来。有人给大树出主意。

　　是啊，再不收拾他，还以为我们好欺侮。有人随声附和。

大树的眼里,燃起了两团仇恨的火苗。

大树站起来,绾着袖子,说,你们谁有刀,借给我,我找他算账。

现在去? 有人说,现在找不到了。

我知道他在哪儿。大树的目光罩住了所有人,再次问,你们谁有刀?

大家都沉默着。

二娃,你不是有把小刀吗? 借给大树用用。一个声音突然说。

叫二娃的人,不承认也不否认,他抠抠脑袋,反问,石头,你什么意思,你自己的怎么不借? 我的嘛,早就掉了。二娃不等石头答话,出其不意地按倒了他,从他裤兜里搜出一把尺把长的小刀,交给大树,说,就这把,借给你了。

石头说,不借不借。话音刚落,他早从席子上嗖地蹿起来,从大树手里抢回了小刀。

那,只有去买了,买吧,不贵。二娃无可奈何地说。

大树搞不清楚,这些人怎么这样小气呢? 一把小刀,值不了几个钱的,再说,我去找王老板,也是替你们出气啊。这话,大树没说,他掏遍了身上所有口袋,也没找到一分钱。他仅有的几块钱,早用完了。这些天,能不饿肚子,还是村里的狗子帮忙。

你衣服湿透了,到外面脱了晾晾。狗子把大树推出工棚,一直推到了远处高高的脚手架旁边。

大树,你知道吗? 你们兄弟俩要开学了,你爸收不到钱,恨不得杀了王老板,可是,他没这样做。狗子低声说。

听到狗子提到爸,大树蹲下身子,双手捂了眼睛,呜呜地哭了。

10天前,大树爸也在这个工地上干活,干大半年了,王老板总是不结工资。工人们找他索要,他总是以这样那样的借口拖着。幸好,工人们吃在食堂,记着账,不用给现钱。眼看,开学的日子一天天临近了,大树读高中,他弟弟读初中,学费要一两千,他爸急得吃不下饭,睡不好觉。

结不到工资,他只得找城里的老乡们,东拼西凑,借了1000块钱。在送钱回家的路上,他爸出车祸了。他爸痛钱,舍不得坐车,就走路。走到半道上,遇上一辆去乡下拉煤的空车,他爸就爬了上去。巧的是,就是这辆车,栽下了深沟。

办了爸的丧事,大树就进城了。大树知道,他爸的工资还没结,再说,他爸还有些日常用品留在工地上,虽然值不了几个钱,但也得弄回去,作个纪念也好。大树来工地10天了,依着工人们的指点,记住了王老板的模样儿和他的车牌号,天天到工地不远的工程部守株待兔。

今天中午,终于让他等着了。王老板的心肠,比铁还硬,他说没钱,大树不信,就一直跟着他的车,追到了王朝大酒店。大树要追车,肯定是追不上的,不知咋回事,王老板的车一阵快,一阵慢,和大树若即若离,像猫戏老鼠似的。大树瞅着王老板的身影,想进去,但保安不让,他就在门外等,又让保安轰到了大街上。大树站在大街上,盯着酒店大门,眼睛一眨也不眨。盯了几个小时,大树盯出了些门道,见王老板还不出来,他抻抻衣服,挺起胸,昂起头,径直往酒店里去。保安眼尖,还是认出了他,并说,你找的人,早从后门走了。不过,晚些时候,可能还来。

那钱,是爸的血汗钱,我得收回来,我也咽不下今天这口气。大树擦了一把泪,呼地站直了腰,对狗子说,他们不借刀,你帮我借吧。

你知道他们为什么不借吗?狗子问。

大树摇头。

这不是明摆着的嘛,你虽然替他们出了头,但王老板出了事儿,追查下来,借刀的人跑得了?这违法的事儿,谁干?他们才不傻哩。狗子说。

狗子说完,从身上拿出一把小刀,递给大树,又说,这是你爸留下的,他说你们娘仨离不开他,他不能做傻事。你也一样,你爸走了,家里就靠你了。

大树没说话,他握着小刀,进了工棚。

好啊,你终于有家伙了。工人们欢呼雀跃起来。

大树不理他们,独自睡了。

第二天,工人们傻眼了。大树不知什么时候,走了。他爸用的席子、被子和其他东西都不见了。他们垂头丧气拿了碗,不声不响上了食堂。

狗子站在工棚外,眺望着一座大山,心想,大树该到山脚了吧?

幸福的长辫

三婶有两条长辫子,一直拖到脚后跟。头发散开来,清清秀秀的,像黑色的瀑布。

三婶的头发,把三婶烘托得很好看。但是,头发长了,做什么都不方便。比如,三婶要洗个头,得换好几次水,不然清洗不干净,这一洗下来,少说也要个把小时。有一次,三婶正在洗头,三叔先下田收稻子去了。走的时候,三叔叫三婶快点,结果三叔在田里左等右等,等不到三婶。三叔骂骂咧咧地回家,见三婶还在摆弄她的头发,气不打一处来,便一把拽住,把三婶摔在了地上。马上给我剪了。三叔吼。三婶爬起来,拍着头发上的灰尘,心疼得直掉眼泪。

头发,是三婶的命根子,她怎么舍得剪呢?三婶说,四娃子,你自己说过的话,忘了?要我剪头发,你先去跳鹰嘴岩,然后再说。四娃子是三叔的小名。结婚前,三婶很是犹豫。三叔知道她是担心嫁给自己,保不住长发。三叔就发誓说，你的头发这么漂亮，我也舍不得啊。要是说话不算数，我就从鹰嘴岩跳下去，摔死算了。说出的话，泼出去的水，三叔不再吼了。他只得挤出一丝笑容，讪讪地说，别当真，开玩笑的嘛。

可是，三婶的头发，终究还是剪了。

那一年，三叔在煤矿里出了事，虽然老板赔了钱，但那些钱像水一样，又流进了医院里。医到最后，三叔竟成了一个饭来张口，衣来伸手的废人。三叔有一个儿子，叫楚生，该上初中了，可家里没钱，找煤矿老板，老板又不给，三婶一筹莫展，只差撞墙了。

临近开学的一天傍晚，一个走乡串户的小商贩来到了村里。小商贩看见三婶，停下了脚步。三婶坐在房前的小路边，看着天空，发呆。小商贩绕到三婶背后，放下担子，拿出一把尺子，对着三婶的长发，比画了一番。然后，小商贩说，大嫂，你这头发，卖吗？三婶不理，三婶还沉浸在她那一片迷茫的世界里。小商贩又重复了一遍，三婶才发现背后有人。三婶说，你说什么？小商贩耐着性子，再问，我说，你这头发，卖不卖？

不卖！三婶的话脱口而出。

小商贩失望了，慢吞吞挑了担子，走了。

小商贩的背影渐渐远了，三婶像突然明白了什么似的，连忙追了上去。

喂，你等等。三婶喊，你出多少钱？

小商贩等三婶站到面前，喘匀了气，才说，200。

少了，你知道我这头发蓄了多少年吗？ 30年了。三婶说。

那，300吧，不能再多了。小商贩晃着三根指头，露出一口黄牙。

三婶想了想，无可奈何地答应了。小商贩放了担子，给了钱，拿一把剪刀转到三婶背后，握住长发的根部，一使劲，咔嚓一声，三婶的长发就到他的手里了。

三婶攥着钱，泪流满面。

失去了长发，三婶像失去了魂一样。一有空，三婶爱把辫子从双肩上慢慢提起来,停泊在胸前把玩着。现在,辫子没了,手里什么也没有了,可三婶还老重复着那些习惯性的动作,那情景让人看了心酸。楚生上学那天,跪在三婶面前,说,妈,求你别这样了,你的头发还会长的。三婶强作笑颜,故作轻松地说,不长更好,妈以后老了,也更省事了。楚生说,妈,要长的,以后我帮你洗,帮你梳吧。三婶听了,开心了一些,就笑了。

三婶一语成谶。

三婶的头发,像一下子失去了什么东西的滋养,再也长不长了。即使长出那么一点,也不再清秀,不再光亮,像干枯的稻草。也许,以后慢慢会长起来吧?三婶安慰自己。可过去了一天又一天,一年又一年,她的发质没有丝毫的好转。对镜自视,三婶狠狠地抓扯着头发,恨不得连根拔起。

三婶彻底绝望了。

楚生初中毕业那年,三叔就死了。那个煤矿老板在村里和镇里的干预下,良心发现,又给了一笔钱。安葬了三叔,楚生接着又上了高中,读了大学。可三婶呢? 才四十几的人,背驼了,脸皱了,头上乱蓬蓬的,犹如顶着一个鸡窝,像一个邋遢的老太婆。

这天,楚生回来了。楚生回来的时候,三婶坐在房前的小路上,眼望天空,空洞洞的,什么也没有。三婶的双手,在胸前把玩着什么,一会儿上,一会儿下,动作轻柔而稔熟。楚生知道,三婶又在把玩她曾经的辫子了。这些动作,已像刀刻一般,深深地烙在了楚生的记忆里。

楚生叫了一声妈,眼泪一涌而出。

三婶回过神,看见楚生,脸上立即生动了起来。

妈,这次回来,我要送你一件礼物。楚生说,闭上眼睛,不准看,偷看的是小狗。小时候,三婶和楚生捉迷藏时,楚生总爱这样说,现在还改不了。

三婶点点头,眼睛慢慢合上了。

楚生从包里捧出两条长长的又黑又亮的辫子,走到了三婶背后。一阵摆弄之后,长辫长在了三婶的头上。然后,楚生轻轻地把辫子提起来,盘在了三婶胸前。

可以了。楚生说。

三婶睁开双眼,第一眼就看到了辫子。突如其来的幸福,像一个巨大的水涡,一下子就把三婶吞噬了。

有了长辫的烘托,三婶一下子年轻了许多。

继 父

我就要出嫁了。

父亲早早地穿上了新衣服,拉着母亲的手,看着我,一言不发。父亲的眼里,满是依恋。

爸,放心吧,我会经常回来看你们的。我说。我们围坐在火炉边,我伸出手,在父亲的手背上,轻轻拍了拍。外面的夜风呼啸着,把阳台外铝皮做的雨棚吹得很响。父亲看了看窗外,像害怕什么似的,一把抓住我的手,紧握着,我的骨头便幸福地疼痛了起来。

把女儿的手弄痛了。母亲白了一眼父亲。父亲慌忙缩回手,对我歉意地笑了笑。

突然,外面的风没有了。父亲侧耳听了听,然后,又急急地跑到窗边,拉开窗户,探出了头。看了一会儿,父亲回转身,对我和母亲比画说,这

天,要下雪了。

父亲来自山里,天气看得准。

父亲是我的继父,自从有了他,母亲也爱出门了,比如散散步,串串门什么的。有时,天气不好,母亲担心会下雨,他便叽里呱啦比画说,有我在,不会的。开始的时候,母亲半信半疑。后来几经证实,这话所言不虚,母亲就信了。

小时候,我不喜欢继父,不叫他不说,还经常胡乱地给他比画一些手势,捉弄他。那些手势是什么意思,我自己也不知道。

慢慢长大了,懂事了,母亲才告诉了我事情的真相。

原来,母亲也是山里人。10岁时,母亲和他按农村风俗定了亲。随着年龄的增长和长久的了解,他们的感情与日俱增,最后发展到了谁也离不开谁的地步了。可是,外公为了让母亲做一个城里人,不顾母亲的反对,硬是把她嫁给了县城一个病歪歪的残疾人。母亲的出嫁,把他击垮了。他不吃不喝,成天一个人坐在山坡上发呆,没几天就病倒了。有一次,他吃错药,便成了哑巴。一个哑巴,在乡下是找不到女人的,我的亲生父亲病逝后,母亲就把他接到了县城,成了夫妻。那时,我只有7岁。

母亲说这些话的时候,流着泪。我理解母亲的心情,也被他对母亲的感情感动着,想起他下苦力供我,养我,送我上大学的那些点点滴滴,我竟然很自然地把他当作父亲,叫他爸爸了。

果然,父亲说准了。父亲的话还没落脚,天空就开始飘起了雪花。那雪,越下越大,漫天飞舞。

父亲一直站在窗边,他爬着身子,手臂长长地伸了出去。要不了多久,他的手上就摊着一层厚厚的积雪了。父亲看着手心的雪,很是焦急。雪,像理解父亲似的,慢慢化了,从他的指缝间滴答而下。但是,外面的天空,雪仍然下着,不知疲倦地。

爸,来坐吧,这儿离酒店近,明天走路去。我说。

不，要婚车来接！父亲三五几步走到了我和母亲面前。

好吧，依你的。母亲站起来，把父亲按在了凳子上。

父亲坐下来，心不在焉。父亲一个晚上，几乎没怎么睡觉。

睡梦中，我一次次被父亲的走动声惊醒。有一次，夜很深了，大概是半夜吧，我又醒了。我听到父亲踏踏的脚步很急切地响进了卧室，跟着，母亲嘟囔了一句什么。父亲拉亮了灯，母亲像完全清醒了，明白了父亲的意思，嗔怪说，关灯睡吧，别影响了女儿。可是，父亲没睡，他的脚步又响到了窗边。不知过了多久，迷迷糊糊中，我看见，父亲卧室的灯再次亮了，同时，父亲跺脚的声音也响了起来。在父亲响亮的跺脚声中，我不知不觉温暖地睡着了。

第二天早晨，我起床一看，雪停了，天地间一片银白。楼下一些大人、小孩在雪地上笨拙地疯着，积雪淹没了他们的小腿肚。母亲站在我身边，我没看到父亲，就问，爸呢？

昨晚，他一夜没睡，不是说雪小了，就是说雪大了，天不亮就出了门，说是去扫雪。母亲说。

走，我们去看看他吧。我急切地说。

我和母亲下楼，来到小区门前，立刻被眼前的情景惊呆了：脚下，是一条光洁的马路。马路两边，是高高的雪堆。马路尽头，是父亲蠕动的背影……我的眼睛渐渐潮湿了。

母亲挽着我，向父亲走去。远远地，我又看见，几个人把父亲围住了。走到父亲身边，我才发现，他们是几个记者。他们的镜头对着父亲，不断地问父亲一些比较高尚的问题。父亲不理他们，只顾埋着头，使劲地铲着地上的积雪。父亲的衣服湿湿的，不断地冒着热气。

大伯，你为什么出来铲雪，能说说吗？一个记者不甘心，想从父亲嘴里掏他们想听的话。

大伯，你为我们市民做了榜样，请你给大家讲几句吧。一个记者弯

了腰,话筒对准了父亲的嘴。

也许,父亲是被问烦了,他呼地站直了腰,眼里喷出了火苗。突然,父亲看见了母亲和我,那些火苗倏地不见了。

旁边的记者,看了我们两眼,又喋喋不休地开始重复着刚才的话。

父亲真的火了,他扔下铁铲,叽里呱啦地叫了起来,双手不停地比画着。弄得几个记者面面相觑。面对父亲的手势,他们不懂。但我和母亲明白,父亲的意思是,别烦我,我女儿今天要出嫁了,我得把这路上的积雪铲完,不然婚车来不了。

我上前握了父亲冰冷的手,眼泪一涌而出。

吃　　雪

这天,大雪,很冷。

杜太太站在雪地上,始终微笑着。纷纷扬扬的雪花白了她的头发,白她的衣服。慢慢地,杜太太蹲下去,伸出青筋突出的右手,五根手指深深插进雪里,抓起一把雪,对面前的男人说,你,吃雪吗?

男人摇头,男人说,不吃。

我吃。杜太太说完,一把雪就揉进了嘴里。杜太太的牙掉得差不多了,幸好,雪不用牙咬,自个儿慢慢化了,成了水。吃完一把雪,杜太太又抓了一把。吃完三把雪,杜太太就被雪水滋润得鲜活起来了。她的微笑,水灵灵的,像一碰就会涌出水来。

男人看得目瞪口呆。

杜太太站起身,拍了拍双手,对男人说,你走吧。男人就蹒跚着走了。男人一步一回头,对杜太太说,你再考虑考虑吧,我是真心的。杜太太没说话,只是使劲地挥手,很坚决的样子。

杜太太的丈夫已经死了10多年,很多好心人看她无儿无女,一个人生活得有些孤独,就张罗着给她找老伴。杜太太开初一概回绝了,后来实在不好拂了人家的好意,就半推半就有条件地答应了。她的条件是,见面可以,必须是冬天下雪的时候。每年下雪天,杜太太都会见上几个男人,但没一个男人愿意像她一样吃雪。不吃雪,其他的事儿就自然免谈了。

人们不理解,都说,杜太太这人,怪!

是啊,杜太太这人确实怪。就拿"杜太太"这个称呼来说吧。村里人从没有谁把一个女人叫作某太太的,而杜太太偏偏让人们这样叫她。谁要是不这样叫,她心情高兴,就看你一眼,说,叫我杜太太;如果心情不好,她就不说话,只用眼睛的余光剜你,像仇人一样,让你下不了台。久而久之,人们都习惯了,都叫她杜太太了。

杜太太的丈夫姓杜,叫杜一虎。活着的时候住在村东。村东有一条河,叫巴河。河上,有一座古老的石拱桥。再往东,就是一条通往县城的公路。据说,杜太太就是从县城里来的,当然,这也只是据说,谁也不知道她是哪儿的人,是怎么到村里来的。很多人问过,问杜太太,不说;问杜一虎,也不说。

那年,天降大雪。

那年,饥饿像一条蛇,冰冷地缠住了村里的每一个人。父母都饿死了,杜一虎也挣扎在死亡的边缘。一天早晨,杜一虎坐在雪地上,大把大把地吃着雪。远远地,杜一虎看见,一个人影趔趄着步子,向自己走来了。杜一虎摇摇晃晃站起来,也趔趄着步子,迎了上去。

　　走着走着，两个人好像都用尽了全身力气，一屁股坐了下去。两个人之间的距离，不过一步之遥。

　　杜一虎努力地睁开眼睛，他看清了，眼前的人，是一个瘦得不成人形的大姑娘。她，就是现在的杜太太。

　　杜太太说，大哥，给点吃的吧。

　　杜一虎听到这话，竟然笑了笑，说，好啊，其他的没有，我请你吃雪。

　　杜太太怔了怔，说，那，我们吃雪。

　　杜一虎说，好，我们吃雪。

　　杜太太抓了一把雪，揉进了嘴里。杜一虎跟着抓了一把雪，也揉进了嘴里。

　　吃完一把雪，杜太太说，我们，要活下去。

　　杜一虎刚才吃过雪，吃得不少，听了杜太太的话，使劲地咽下一口雪，也说，我们，一定要活下去。

　　两个人吃了雪，哆嗦着，搀扶着，慢慢走向了杜一虎家的土坯房。

　　从此，杜太太就在村里住下来了。

　　后来，生活渐渐好了，有吃的了。杜太太还是盼望下雪。下雪的日子，她就和杜一虎一起出门，选一块雪地，像小孩一样疯玩。玩够了，就面对面坐下去，一边说话，一边吃雪，你一把，我一把，吃得贼欢。杜一虎死后，杜太太就一个人吃，每年都吃，一边吃，一边叫着杜一虎的名字。叫着叫着，就流下泪来，雪水和泪水，全让她吞进肚里去了。

　　这些，村里人都知道。但大家不明白的是，杜太太怎么就那样怪，怎么偏偏喜欢吃雪的男人呢？

　　现在，又一个男人走了。杜太太也不知道，她到底见过多少个男人了。男人的背影在雪光的映照下，把杜太太的眼睛晃得生疼。渐渐地，杜太太的眼睛模糊了。

　　不知不觉，一个冬天就这样完了。冬天完了，就是春天、夏天、秋天……

季节不断更替,可杜太太还是老样子,还是一个人孤零零地生活着。

一天傍晚,又有人走进了杜太太的土坯房。

杜太太好像苍老了许多,不知什么时候,她已经挂上拐棍了。来人看着日渐苍老的杜太太,说,一个人住在这房里,连个说话的人都没有,杜太太你这日子苦哇。

习惯了。杜太太说。

我又给你找了一个,眼看又要入冬了,你再试试吧。你放心,我替你问过了,这个人说他也会吃雪。来人敞开嗓门,声音很高,生怕杜太太听不到。

真的吗? 杜太太的眼睛亮了一下。

当然是真的,我怎么会骗你。来人说。

好吧。杜太太欢喜着答应了。

可是,杜太太等了一个冬天,没有下雪。杜太太一生中,也第一次没有吃到雪。

杜太太像丢了魂似的,喃喃地说,今年,怎么不下雪呢?

老七的寂寞

村有个木匠叫花奇,因排行第七,人称老七。

老七从小爱花、爱鸟。迫于父亲的压力,虽然学了木匠活儿,但他对那些木柜木箱什么的一点也提不起兴趣。那是粗活,几块木板刨光滑了凑拢就完事儿,显不出本事,要弄就弄点绝的。老七便琢磨着怎么雕花、雕鸟。村里有户章姓人家,儿子在外做官,是桠村的首富。章老太爷乐善好施,大家叫他章善人。章善人家有一个花圃,牡丹、菊花、梅花……什么花都有,一年四季开不断。每天早晨,章善人提两个鸟笼,哼着秦腔,在花圃里溜达,惬意得不得了。整日里,老七脑子里开放着一朵花或是飞着一只鸟,手里的雕刻刀,在怀里一块木头上飞舞。如果有不清晰的地方,比如花的颜色、形状;鸟的嘴、爪之类的,他就到章善人家去,叫声章善人,说明来意,章善人就笑眯眯地看他怀里的木头,说一些鼓励的话,末了,让他自个儿去看,想看什么看什么,想怎么看怎么看。后来,老七看着看着就忘了回家,常常一边看,一边想,一边刻。有时,章善人估计他饿了,就吩咐下人给他弄点吃的。一年后,终于大功告成。那天,听说扫起来的木屑堆了小山。

10 天后,老七再次找到章善人,说,为了答谢你,我送给你一份礼物。

送我礼物? 我有的你没有,我没有的你更没有,我看还是算了吧!章善人的眼睛、眉毛笑作一团。

我有 20 扇窗子送给你! 老七顾自顾地说。说完,一挥手,4 个壮实男人分别抬了窗子走进门,放在章善人面前。这时,看热闹的桠村人涌进来,七嘴八舌地议论着。窗子上,盖着一层厚厚的茅草,谁也看不见窗子上的内容。

章善人饶有兴趣地看着,就是不说一句话。

先看看吧。老七掀开茅草,小心地抱了一扇窗,竖在怀里,面对章善人站到了 5 米开外。

窗子上,雕刻着一只作了色的画眉。

伴随人们的惊呼,章善人的眼睛突地亮了。章善人手里有只鸟笼,鸟笼里有两只画眉。两只画眉看见窗子上的同类,扑腾着翅膀,欢叫起来。

好! 换! 章善人说。

没用一顿饭工夫,章善人家的窗子全换成新的了。

不多不少,20扇,尺寸早量过,刚好! 老七拍拍手,说。

10扇雕着花,10扇雕着鸟。花,或淡雅,或热烈,或红或紫;鸟,或飞翔,或栖息,或绿或蓝,好一幅花鸟图。

章善人忘了回答,呆了。看热闹的人也张着嘴,一样地呆了。

真好! 老七听到有人在耳边说。

老七回头,是苗香。村里,就数苗香长得最俏。平时,老七总想找机会和她说话,但苗香爱理不理,这会儿,老七看苗香主动夸他,好一阵子才清醒过来。

好在哪? 老七懵懵懂懂地问。

我闻到花香,听到鸟声了。真的,不骗你! 苗香说。

什么? 吹牛不犯法! 有人不屑。

清醒过来的人们一起看着老七和苗香。苗香的脸红到了耳根。这是吹牛吗? 老七想了想,说,算吹牛吧! 老七示意苗香不要再说。但苗香不依,她的嗓门反而更大了,才不是哩,是你们自己的鼻子、耳朵出了毛病。苗香一篙竿打一船人,可捅马蜂窝了。大家都不依,嚷开来。看你急的,你是他女人吧? 有人说。大家一阵哄笑。是就是,欺我不敢? 苗香不再理会身后的说笑,索性拉着老七的衣袖走出了章善人家的院门。

不久,苗香果然嫁给了老七。

苗香在家操持家务,老七东一家,西一家做窗子,雕花雕鸟。先是桠村人修新房请他,再是一些人觉得有花有鸟的屋子住着舒服,就请他专换窗子。再后,外村人也上门来了。到了外村,老七很少落屋,不管怎样,他总是过几天就送些工钱回去,交给苗香,顺便亲热亲热。有时,实在太远,想苗香了,他就不停地干活。有一天,他竟不知不觉雕出了一个人,这个人是苗香。老七不愿让苗香点缀别人的家,他用一天的工钱买了下来。完工那天,老七又像往回那样,面对窗子痴痴地看,痴痴地想。主人站在旁边,点头。你闻到花香了吗?老七问主人。主人摇头。听到鸟叫了吗?主人还是摇头。老七像以前一样,长叹一声,说,我回家了。天黑,路远,明天回吧?主人担心。在这里,好寂寞!老七没头没脑地说完这话,摸黑把"苗香"抱回了家。

可是,老七50岁那年,苗香丢下他和三个儿子,走了。苗香握着老七的手,说的最后一句话是,别哭了,那些花香和鸟叫声我带走了,就像你在我身边,我很开心。

从此,老七很少说话,成天看着窗子上的花、鸟出神。有人高价请他,他不去。儿子们劝他,他还是不去。半年过后,老七每天吃过饭,就把自己关在屋里,儿子们想看一眼也不行。他小儿子偷偷瞧过一回,只说屋里有些木屑,床上有个小木箱,木箱上有把大锁。爹,你那木箱里装的啥宝贝?一天晚饭时,他大儿子怯怯地问。老七狠狠地盯着三兄弟,一字一顿地说,那是我的命,谁敢打开,我的命就没了。这话,听得三兄弟心里直发毛。

最终,木箱还是打开了,这是老七去世的第二天。

打开木箱的是老七的大儿子,他的手颤抖着。

令三兄弟失望的是,木箱里全是些木人。再细看,木人或笑或哭,或坐或站,或蹲或仰,姿态万千。木人的头上、身边、脚下、肩上,间或一朵花、一只鸟。木人不是别人,是他们的娘——苗香。

长在水里的桃树

在桠村，人们最喜欢的人，就数五宝了。

五宝是根叔的第五个孩子，前四个都是女儿，根叔很想有个儿子，一发狠，就砸锅卖铁生了五宝。

五宝的长相还可以，只是脑子不好使。读书的时候，每次考试，都是几分十几分，从没上过20分。五宝的同龄人，一个个都上高中了，五宝还在读小学四年级，根叔脸上挂不住，一气之下，把五宝从学校拽回来，甩给他一把锄头，说，这书没读头了，跟我下地去！五宝憨头憨脑地看了根叔半天，仿佛才明白过来，他什么也不说，弯下腰拾起锄头，跟着根叔的屁股走进了地头。让根叔失望的是，五宝笨手笨脚，什么挖地、锄草、播种、插秧……啥都不会，不管根叔怎么教，还是不会。根叔没辙了，就不再管了。

五宝成了一个闲人。

成了闲人的五宝，爱整天背着手，挺着胸，在村子里东游西逛，这儿看看，那儿瞧瞧，那样子俨然一个视察工作的领导。

这天，五宝打二娃家门前经过，看见了根叔。根叔两只手，一手捉了一只鸡。那鸡，还在咯咯地叫着，挣扎着，一副极不情愿的样子。

爸，你怎么在这儿？五宝指着鸡，问根叔。

根叔左右看了看，压低声音说，小孩子别问，记住，你什么都没看见。

根叔说完,急忙撒开腿,像兔子一样逃走了。

中午时分,二娃家闹开了锅。不到一支烟的时间,村里人全知道了:二娃家的两只鸡不见了。

不知是谁出的主意,二娃找五宝来了。五宝坐在村东的水塘边,塘里的水清亮亮的,一溜桃树倒映在水里,随着晚风漾起的水波无限风情地摇曳着。

五宝,你上午看见有人进过我家院子吗? 二娃蹲下身子,看着五宝。

五宝呆呆地看着水里的桃树,不作声。

五宝,你看见过吗? 二娃又问。

五宝,你很聪明,我知道,你一定知道的,你说,我家的鸡哪儿去了? 二娃笑了。

五宝转过头,也笑,然后,他就说,是爸爸。

二娃的鸡找到了,五宝却挨了根叔一顿好打。可是,五宝好像没有吸取教训,那些偷鸡摸狗的事儿,只要他看到了,别人引诱他几句,他就乖乖地说了出来。为这,五宝老是被根叔打骂,甚至遭人报复,常常弄得鼻青脸肿的,但他总是改不了。

因为五宝,村里平静多了。

那些恨五宝的人,见报复没什么效果,就捉弄他。有一次,他们问五宝,三加二等于几?

五宝也不计较,高兴地低下头,认真掰着指头,嘴里念念有词地算起来。算了半天,才像发现新大陆一样,惊喜地说,等于零嘛! 考他的人再也忍不住了,就大笑起来。笑声引来了很多人,五宝被围在中间,众星捧月一般。考他的人更得意了,接着问,五宝,你晚上和谁睡呀?

五宝想了一会儿,说,爸爸。

那,你妈呢?

这一次,五宝答得快。五宝说,也和爸爸。

你们三个人睡一床,脱衣服吗?

五宝正要回答,二娃站了出来。二娃指着考他的人说,你也太过分了吧?然后,二娃推着五宝,边走边说,自己回家去,别理他。五宝扭过头,固执地说,我不走,我还没回答哩。

一些人笑着摇头,一些人大呼小叫地喊着五宝,整个村子好像都快活起来了。

一晃,水塘边的桃树结果了,红红地挂在枝头,诱惑着村里的每一个人。桃树是五宝家的。每年这个季节,根叔都会丢下农活,天天守在树下。这个季节的五宝,好像给桃香迷住了似的,他从早到晚坐在桃树下,看着树上的桃,一动不动。

小时候,根叔会主动摘下桃,给五宝吃。五宝想吃多少,他就摘多少。现在,根叔死心了,对五宝不抱什么希望了,也不再给他桃吃了。五宝盯着桃,根叔总会说,看什么看,不准看。于是,五宝就不看,就看水塘,就看塘里的桃树和树上那些红红的桃。

一个夕阳西斜的傍晚,五宝再也忍不住了,五宝对根叔说,爸,我想吃桃。

不行,要卖钱。根叔说得很干脆。

五宝舔舔嘴皮,失望的目光再次洒在了水面上。

太阳像要回家似的,走得很快,没多久就不见了。天空中,只剩下一些淡淡的红晕。光线慢慢暗下去了,塘里的桃树和那些桃慢慢模糊了,不见了。五宝急得大叫了一声,叫的什么,只有他自己知道。根叔没听清楚,根叔只看见,五宝腾地站起来,伸出手,跳进了塘里。

根叔愣了一下,又犹豫了一下,还是跳了下去。

喝了一肚子水的五宝,得救了。得救后的五宝,像变了个人似的,开窍了,再也不憨了,不傻了。

久而久之,人们发现,五宝不再是以前那个五宝了。自然而然地,大家也不再像从前那样喜欢他了。

打工的女孩

这天,女孩是晚班。

女孩推着自行车出了门。

女孩住的那条街,路灯全瞎了眼,成了摆设。路面又窄又烂,骑自行车小心得像走钢丝,如果稍不留神,就会连人带车栽进一个坑里。白天,女孩骑得战战兢兢,更别说晚上了。晚上,女孩不敢骑,就推着走。

走出那条街,女孩眼前就亮堂了。女孩骑上了自行车。11点多了,街上车少了,人少了,女孩骑得很快。

女孩骑着车,铃铛快乐地响着,她整个人也快乐得像要飞起来了。

突然,女孩的车慢了下来。女孩看见了一个老太太。老太太站在路边,茫然四顾,急得团团转。女孩在一家机械厂上班,一个月干下来也能挣一千多,女孩很知足。离厂子还远,女孩不能再耽搁时间了,女孩看了一眼老太太,她的车轻轻滑了过去。等她再回头,老太太已经模糊成一个影子了,可那个影子不是直立着,而是慢慢地歪在了地上。女孩犹豫了一下,转头骑了回来。

老太太捂着胸口,嘴巴大大地张着,就是说不出一句话。

女孩把老太太送进了医院。

女孩陪了老太太一个晚上。

第二天,老太太说,她住在儿子家,可儿子离了婚,也没个孩子,成天把她关在家里,总说外面不安全,不让她出门。她实在受不了,就一个人来到了大街上。城里的街看上去都差不多,她分不清东南西北了,更找不到家了,就急,一急老毛病就犯了。女孩听完,就安慰她,说,别急,你儿子会找来的。可等了一上午,还不见老太太的儿子,问老太太电话,她也不知道。于是,女孩跟着急了。误了一个班,不知扣多少钱哩,这且不说,要是被老板开除了,她又得重新找工作。女孩知道工作难找,她不想失去它。女孩没法,只得给老太太说,我到厂里看看,请了假再来陪你。

到了厂里,女孩被车间主任训了一顿。等女孩说明了原因,主任的眼睛就放光了。主任压低声音说,这事儿你就别管了,也不要给别人说,你是初犯,钱,不扣了。主任说完,急匆匆地走了。

女孩感激地点了点头,但她不放心老太太。一看时间,又该她上中班了,女孩只得上班。一下班,女孩就赶到了医院,可老太太不见了。医生说,让她儿子接走了。

女孩呆呆地站了一阵,苦笑着摇了摇头。

又一天晚上,女孩下了班,被门卫拦住了。门卫指着一辆小车说,王老板找你。女孩狐疑地看着向她走来的王老板,不知所措。

上车吧,我请你吃饭。王老板说。

女孩脸红了,女孩说,无缘无故的,吃什么饭呢?我不去。

去吧,还有你救的老太太,她是我妈。王老板说。

女孩吃了一惊,再沉默了一阵,说,好吧,你先走,我骑自行车。

车放在厂里,坐我的,我们一起去接上我妈,然后再吃饭。王老板说。

不,明天,我还得上班。女孩说完骑上自行车,一溜烟跑了。女孩承受不了身后那些暧昧的目光，她只想早些逃离。

王老板追上来，说了地点，就接他妈去了。

一顿饭吃完，老太太就喜欢上了女孩。临走时，王老板掏出一沓钱，对女孩说，这是你垫的医药费，收下吧。女孩数了数，说，我只垫了500块。女孩数了500，把剩下的递到了王老板眼前。王老板摆着手说，这都是给你的。王老板不收，女孩就把钱放在桌上，向母子二人告了别，出了酒店。

送送她吧。老太太看着女孩的背影，说。

王老板就冲着女孩喊，等一等，我送你。

我还是骑我的自行车吧。女孩回过头，扬着头回答。女孩手里的铃铛快乐地响着，她整个人也快乐得像要飞起来了。

女孩又骑回了她住的那条街。女孩想下车，身后突然有两束光柱不紧不慢地跟了上来。女孩想让路，可后面的车太慢，好像有意让她先走，有意给她照路一般。女孩就借着亮光慢慢骑，小心骑。街的拐角处，就是女孩租住的房屋。

女孩进屋了，那辆车突地一蹿，瞬间便没了影。

以后，女孩下晚班回来，总会遇上一辆车，一辆护花使者一样的车。

有了那辆车，女孩觉得眼前的路很敞亮，很安全，很踏实。

也许，车的主人也住在这条街上吧。女孩想。

其实，女孩不知道，送她的不是别人，是王老板。

车上，还有老太太。

老太太经常对王老板说，她只想看看女孩，看到了，她待在家里也就不那么闷了。

两 棵 枣 树

　　枣爷院子里,有一棵枣树。树皮苍老,像他的脸。

　　枣爷没儿没女,和老伴相依为命。

　　年轻的时候,老伴跟着父母逃难,父母在路上饿死了,她只身一人流浪到了村里。一天早晨,枣爷去放羊,在羊圈里发现了她。她已经瘦成了皮包骨,躺在那儿一动不动,像一个活死人。枣爷是刘财主家的长工,年纪不小仍是光棍一条,刘财主发了善心,便叫他背回去,说是给他娶的老婆。

　　有人瞅着刘财主远去的背影,说,他没安好心,明明养不活了,还假充好人。接着又有人劝枣爷别干傻事,不要上了刘财主的当。枣爷犹豫了一会儿,还是背上人一溜烟跑回家去了。

　　出乎意料的是,没出半年工夫,枣爷硬是把一个活死人救了回来。洞房那天,老伴说,我爱吃枣子,我们种一棵枣树吧。

　　就这样,枣树就种上了。

　　一晃,枣树结果了。红红的枣子挂在枝丫间,把枣爷和老伴的希望也映得红朗朗的。枣爷用竹竿敲下枣子,洗净,装在一个竹篮里,说,多吃点,生个胖小子。枣爷想要一个儿子,老伴也想。于是,老伴就猛吃,吃得脸上泛起一片红潮。

　　过了几年,老伴的肚子始终是风平浪静,枣爷也就死心了。见老伴不开心，枣爷反而安慰她，说，可能是你的身子饿坏了，不怪你。老了没人养你，我养。你看我这身子骨，再撑个几十年不成问题。枣爷一边说，一边拍着胸膛，拍得梆梆响。

这人，说老了就老了。枣树，也跟着老了。

老了的枣树，愈发青春，结的果子更红，更逗人。枣子成熟的季节，老伴就坐在枣树下，仰着头看那一树的红，呆呆地想心事。枣爷呢，朝身后墙角处望一眼，笑着说，我们出去走走吧。不由分说，枣爷挽上老伴的胳膊，向屋后的山坡走去。

院子里没人了，藏在墙角处的孩子们，拖着竹竿，叫嚷着一拥而出。

枣爷和老伴居高临下，看着孩子们忙碌的身影，听着从院子里飘出来的笑声，笑眯眯的皱纹里，盛满了陶醉。

有一天，一个男孩跑到枣爷面前，从背后拿出一袋枣子，说，枣爷，这是留给你们的。然后，他像变戏法似的，从背后又拿出一袋，说，这是留给你孙子的，我听爸爸说，你也有孙子哩。说完，男孩转身又跑回院里去了。

枣爷把两袋枣递给老伴，苦笑着说，留着吧，丰娃也该有 5 岁了。老伴机械地接过枣，眼里一片迷茫。

没有生育，枣爷想抱养一个，老伴也答应了。刚好，邻村的有奎家四儿一女，家里穷养不了，就把四儿子李子抱给了他。李子 3 岁，能认人了，天天哭，吵着要回去，枣爷费了不少工夫才让李子心甘情愿留下来，叫他爸。李子 20 岁那年，有奎生活条件好了，就反悔了。他缠着枣爷说好话，要把李子领回去。村里人打抱不平，说，有奎要领李子回去，可以，但枣爷你不能便宜了他，得要他一笔抚养费。枣爷不以为然，说，这又不是买卖，我怎么能这样！最终，枣爷一分钱没要，亲自把儿子送到了有奎家。

李子结婚那天，枣爷没去，有奎也没请他。李子当爹那天，有奎也没请他，他却去了。枣爷和老伴看着孙子像接力棒一样，在众人手中传递下去，他们也想抱一抱，但一看有奎黑得像锅底的脸，就不敢了。

听了男孩的话,看着老伴的神情,枣爷知道老伴也想孙子了。于是,枣爷说,别想了,走吧。老伴没作声,枣爷又说,要不,我们去看看?老伴说,算了,回家吧。回到院子,孩子们早走了,树上的那一片红淡了,地上一片狼藉。

第二天,枣爷又带着老伴不失时机地出去了。如此这般,直到一树的红,完全消失。

一年又一年,孩子们渐渐大了,更小的孩子来到了枣树下。孩子们很懂事,总会挑出两袋又大又红的枣,送给枣爷。

这年夏天,75岁的枣爷,突然病了。

枣爷拉着老伴的手,说,我如果有个三长两短,你要照顾好自己。老伴说,你不会有事的,你说过,没人养我,你养,你说话要算数。但是,枣爷还是走了。临走时,他哽咽着说,我死了,把我埋在枣树下。那些枣子,有机会给丰娃捎去。

于是,枣树下,多了一座坟,埋着枣爷。

枣爷出殡那天,给李子带话去了,但他没能来,他打工去了。有奎来了,还送了一个很大的花圈。有奎走的时候,枣爷的老伴把他叫进屋,打开一个木箱,说,枣爷临终吩咐,要把这些枣给丰娃,你带回去吧。有奎一袋一袋拎出来,一数,竟有15袋之多。那些枣子,呈黑红色,都已经干了皮,瘪了。

有奎怔怔地看了好一阵,才说,等李子回来,我叫他过来接你,他毕竟,也是你们的儿子。

不用了,我要陪枣爷。老伴抹着泪说。

又到枣子成熟的季节了,却没一个孩子走进枣爷的院子。他们远远地站着,只是看。慢慢地,一树的枣子,全掉了下来。枣爷的坟上,便铺了一层厚厚的红。

第二年春天,枣爷的坟上,竟然长出一棵树,一棵枣树。

收　账

　　父亲回到村子的时候，太阳才露了个脸，探头探脑的，居高临下瞅着什么。

　　下地的、上学的、吆喝牲口的，把一个村子搅得很热闹，很生动。人们看见父亲，都亲热地打招呼，给父亲递烟，还问吃过早饭没有，问回来有什么事。父亲接了烟，抹一把汗水，憨厚地笑笑，说，吃过了，回来看看。父亲已经谢顶了，额前稀疏的几绺头发，被他一抹，全都规规矩矩地向后倒伏，遮住了一小片头皮。其实，父亲没吃饭，天不亮他就起床，刚赶了十几里山路，肚子正咕咕叫着。

　　远远地，父亲看见了奎叔。

　　奎叔不到50岁，背驼得像一把弯弯的犁头。奎叔低着头，看着脚尖，走得极慢。

　　父亲迎上奎叔，他的一颗心竟然莫名地跳得快了。奎叔没抬头，没看见父亲，就那样木木地走。父亲叫住了奎叔。奎叔的眼皮艰难地翻动了一下，颤抖着嘴唇说，回来了？回来种地吗？父亲说，不是。奎叔回头瞥一眼身后那两间老房，说，你家房子塌了一个角，去看看吧。中午，上我家来吃饭，我一会儿回来。父亲犹豫了一下，张了张嘴想说什么，但什么也没说，只是"噢"了一声，算是应了。

父亲是去收账的,可又说不出口。

前几天,乡场上发大水,父亲来不及搬货,3000多块钱的百货被水卷走了。才修了房,再去进货没钱了。瞧着空空的铺子,父亲急得像热锅上的蚂蚁。你不是还有一个账本吗?看看还有多少钱?母亲提醒说。于是,父亲就翻出一个字迹模糊、满是油渍的小本本。父亲拨拉了一会儿算盘,惊喜地说,500多哩。收回来呀,都欠十几年了。在母亲的催促下,父亲不得不揣了本本,回到了村子。

说到这儿,不得不说一下父亲这个账本了。

那时,父亲借钱买了一台柴油机、一台打米机和一台磨面机,开起了加工房。邻近几个村,就父亲这一家,生意还不错。从早到晚,3台机器响起没停过,那声音很有震撼力,老是震得地皮子发抖,人的耳根子发麻。当时,钱很金贵,谁没现钱,父亲就翻到谁的专用账页,记下多少斤多少钱。有的人,手头松动了,就主动结账;有的人,一年到头都是紧巴巴的,就一直欠着。奎叔家一连生了4胎,一家6口人就挤在一间土墙房里,每年6张嘴巴都糊不了,欠的也就最多。父亲知道他没钱,也不催,就让他这么一直欠着。后来,其他的村子也有了加工房,生意淡了,父亲就贱卖了机器,做起了百货生意,有了积蓄,就在乡场上河边买了块十几个平方米地基,修了房。

村里的老房子没人住了,空了,没了人气的房子烂得快。想起刚才奎叔的话,父亲就决定先去看看老房。

看过老房,再和遇到的熟人聊一些闲话,太阳已然蹦上了头顶。父亲看时间差不多了,便朝奎叔家走去。

奎叔家尽管没什么像样的摆设,但和大多数村里人一样,住上了砖瓦房。他的两个儿子和大女儿都在外面打工。小女儿才18岁,跟一个街头混混私奔了,后来被抛弃后把娃娃扔给了奎叔和他的女人,一拍屁股也打工去了。说到这些,奎叔女人就哭,一把鼻涕一把泪的,哭得父亲坐也不是，走也不是。奎叔抱着外孙，在一边生火做饭。

别哭了，去杀鸡，平哥难得来一回。奎叔对女人说。

父亲说，别杀了，留着生蛋，我坐坐就走。

你现在是客了，再说，我们也好多年没喝过酒，喝一杯再走吧。奎叔把外孙放进女人怀里，自个儿捉鸡去了。

酒桌上，奎叔还是低着头，对着酒杯说，平哥，我这心里难受啊。奎叔摇摇头，端起酒杯，和父亲猛地一碰，一仰脖子灌了下去，呛得他连连咳嗽。

现在儿女都大了，再等几年就好了。父亲说。

奎叔不理父亲的话，又说，日子过成这样，我脸都不知往哪儿搁了。恐怕，我这一辈子都还不清你的情了。

说哪儿去了，乡里乡亲的，谁没个为难的时候。父亲呷了一口酒，继续说，你不应该老得这样快呀，腰杆伸直，怕啥呢你！

人穷志短哪，平哥！奎叔抬起胳膊，用衣袖擦了擦眼睛。我知道你今天来做什么，可我……奎叔欲言又止。

那你说说，我来做什么？父亲终于说到了正题。

收账吧。三个字说完，奎叔的头埋得更低了，那腰也缩了缩，像是要缩进桌子底下去。

父亲没料到奎叔会主动把话挑明，但看着奎叔的模样，就叹了口气，说，收什么账啊，伸直腰杆，头抬起来吧。其实，我今天回来，一是看看老房，二是看看有没人愿意种我的田地。

吃完饭，父亲临走时拉住奎叔的胳膊，向上提着，再一次说，你不欠任何人的，没必要这样对自己，知道吗？

站在山梁上，父亲定定地看着村子，看着村子里缥缈的炊烟，从口袋里掏出那个记账的小本本，摁燃了打火机。

父亲的手上，腾起了一片烟雾，一片火光。